Antologia de contos contemporâneos

Histórias de quadros e leitores

Ana Maria Machado
Carlos Vogt
Ferreira Gullar
Ignácio de Loyola Brandão
Joel Rufino dos Santos
Lourenço Diaféria
Luiz Antonio de Assis Brasil
Luiz Ruffato
Moacyr Scliar

Organização e apresentação de Marisa Lajolo

Esta obra ganhou o seguinte prêmio:
Altamente recomendável para o Jovem - FNLIJ 2007

12ª impressão

© Dos autores e da organizadora

COORDENAÇÃO EDITORIAL	Maristela Petrili de Almeida Leite
EDIÇÃO DE TEXTO	Erika Alonso
COORDENAÇÃO DE PRODUÇÃO GRÁFICA	André Monteiro, Maria de Lourdes Rodrigues
COORDENAÇÃO DE REVISÃO	Estevam Vieira Lédo Jr.
REVISÃO	Roberta Oliveira Stracieri
EDIÇÃO DE ARTE/PROJETO GRÁFICO	Ricardo Postacchini
DIAGRAMAÇÃO	Camila Fiorenza Crispino
COORDENAÇÃO DE PESQUISA ICONOGRÁFICA	Ana Lucia Soares
PESQUISA ICONOGRÁFICA	Vera Barrionuevo
COORDENAÇÃO E TRATAMENTO DE IMAGENS	Américo Jesus
TRATAMENTO DE IMAGENS	Rubens M. Rodrigues
SAÍDA DE FILMES	Helio P. de Souza Filho, Marcio H. Kamoto
COORDENAÇÃO DE PRODUÇÃO INDUSTRIAL	Wilson Aparecido Troque
IMPRESSÃO E ACABAMENTO	Corprint Gráfica e Editora Ltda.

Dados Internacionais de Catalogação na Publicação (CIP)
(Câmara Brasileira do Livro, SP, Brasil)

Antologia de contos contemporâneos : histórias de quadros e leitores / organização e apresentação de Marisa Lajolo. — 1. ed. — São Paulo : Moderna, 2006.

Vários autores.

ISBN 85-16-04757-1

1. Contos brasileiros - Coletâneas I. Lajolo, Marisa.

06-4145   CDD-869.9308

Índices para catálogo sistemático:
1. Antologia : Contos : Literatura brasileira   869.9308
2. Contos : Antologia : Literatura brasileira   869.9308

Reprodução proibida. Art.184 do Código Penal e Lei 9.610 de 19 de fevereiro de 1998.

Todos os direitos reservados
EDITORA MODERNA LTDA.
Rua Padre Adelino, 758 - Belenzinho
São Paulo - SP - Brasil - CEP 03303-904
Vendas e Atendimento: Tel. (11) 2790-1300
Fax (11) 2790-1501
www.modernaliteratura.com.br
2015

Impresso no Brasil

A LIÇÃO DE PINTURA

Quadro nenhum está acabado,
disse certo pintor;
se pode sem fim continuá-lo,
primeiro, ao além de outro quadro

que, feito a partir de tal forma,
tem na tela, oculta, uma porta
que dá a um corredor
que leva a outra e a muitas outras.

João Cabral de Melo Neto. *Museu de tudo*. 2. ed.
RJ: Livr. José Olympio Editora, 1976.

Sumário

*Pintura é poesia muda e
poesia é pintura que fala*
Marisa Lajolo
página 7

1. Confissão
Joel Rufino dos Santos
página 15

2. Um livro entre as mãos
Luiz Antonio de Assis Brasil
página 29

3. Uma mulher audaciosa
Ana Maria Machado
página 39

4. Histórias de mãe e filho
Moacyr Scliar
página 51

5. O último cangaceiro
Ferreira Gullar
página 67

6. Mirim
Luiz Ruffato
página 75

7. O retrato de Carolina
Carlos Vogt
página 83

8. Composição à vista de um quadro
Ignácio de Loyola Brandão
página 89

9. Barulhos do silêncio
Lourenço Diaféria
página 101

A dama do livro, de Roberto Fontana. Óleo sobre tela.

Pintura é poesia muda
e poesia é pintura que fala

Marisa Lajolo

No dia 18 de abril de 1895, leitores de *A Gazeta de Notícias*, jornal carioca de grande prestígio, encontraram nas suas páginas um curioso poema de título meio enigmático: *Soneto circular*. Assinava os versos um nome já bastante conhecido: Machado de Assis.

O fato não deve ter causado surpresa. Naquele tempo, vários poetas — alguns, inclusive, de grande renome — publicavam regularmente na imprensa diária. E o hoje tão famoso autor da história de Brás Cubas, era colaborador assíduo da imprensa, com crônicas e algumas vezes poemas.

O soneto publicado em 18 de abril era assim:

Soneto circular

A bela dama ruiva e descansada,
De olhos langues[1], macios e perdidos,
C'um dos dedos calçados e compridos
Marca a recente página fechada.

Cuidei que, assim pensando, assim colada
Da fina tela aos flóridos tecidos,
Totalmente calados os sentidos,
Nada diria, totalmente nada.

Mas, eis da tela se despega e anda,
E diz-me: — "Horácio, Heitor, Cibrão, Miranda,
C. Pinto, X. Silveira, F. Araújo,

Mandam-me aqui para viver contigo."
Ó bela dama, a ordens tais não fujo.
Que bons amigos são! Fica comigo.

Biógrafos do escritor contam a história do poema: tudo parece ter começado com um quadro que Machado teria ganho de presente de amigos, e que pode ser visto por quem visita hoje o acervo machadiano da Academia Brasileira de Letras, no Rio de Janeiro. Era *La donna che*

---

[1]A edição Aguilar da obra de Machado (Machado de Assis. *Obra completa*. RJ: Aguilar. Vol. III p. 294.) registra "Olhos longos, macios e perdidos". Reproduz-se aqui a versão do poema tal como ela aparece em Raymundo Magalhães Jr. (*Vida e obra de Machado de Assis*. RJ: Civ. Brasileira. Brasília INL. Vol III: Maturidade. p. 254.). A oscilação de um adjetivo para "olhos", na obra do autor que cunhou a metáfora "olhos de ressaca" para a caracterização de Capitu, pareceu suficientemente sugestiva para ser mencionada aqui.

legge, pintado em 1882 por Roberto Fontana e que está reproduzido na página 6. No chalé da rua Cosme Velho, em Laranjeiras, ao lado de móveis e objetos que faziam parte da casa onde morava Machado de Assis, a tela testemunhava a vida doméstica deste escritor que tão bem esmiuçou a vida doméstica brasileira, devassando-lhe amores e ciúmes, casamentos arranjados, pobrezas decorosas e heranças espúrias.

O que a *bela dama ruiva e descansada* teria presenciado na casa do escritor? E por que esta senhora de *olhos langues e macios* teria sido ofertada a ele?

Andando pelas ruas do Rio de Janeiro, Machado teria se encantado com o quadro exposto na vitrina de uma loja da rua do Ouvidor. Talvez naquele dia Machado estivesse acompanhado por um amigo, que testemunhou seu encanto pela pintura. Ou talvez tivesse comentado com outro seu fascínio pela tela. O caso é que correu de boca em boca que ele gostaria de possuir o quadro, mas talvez não pudesse arcar com a compra dele. Resolveram, pois, vários amigos, cotizar-se e presentear o escritor com a tela.

Esta história de como um quadro, representando uma leitora ruiva, foi parar na residência de Machado de Assis já é, em si mesma, muito interessante. Seu interesse aumenta ainda mais, entretanto, quando se fica sabendo que à oferta do presente seguiu-se a composição do *Soneto circular* enviado a cada um dos sete amigos mencionados nos versos 10 e 11[2] e que um deles — Ferreira de Araújo — encarregou-se de publicar no jornal. Tornava-se, assim, público o agradecimento ao punhado de amigos que satisfez um desejo do escritor que, em 1895, aos cinquenta e seis anos, já era um nome muito importante nas letras brasileiras.

Mas observemos que o soneto do jornal não se limita a agradecer o presente. Inventa uma história para o quadro e para o gesto dos amigos.

---

[2] Horácio Guimarães, Heitor de Basto Cordeiro, Ernesto Cybrão, Antonio da Rocha Miranda, Caetano Pinto, Joaquim Xavier da Silveira e Ferreira de Araújo.

Como que para sublinhar a delicadeza do presente, o narrador do soneto (sim, há um narrador, pois que há uma história...) dá voz à imagem feminina representada na tela. Em sua imaginação, *a bela dama ruiva e descansada*, despregando-se do quadro, caminha até ele e lhe transmite o recado dos amigos: foi por eles enviada para fazer companhia ao escritor. Este, desvanecido pela beleza da dama e pela delicadeza do gesto, pede-lhe que fique.

E, ao que tudo indica, ela efetivamente aceitou o convite e permaneceu na casa que o escritor então dividia com sua bem-amada esposa Carolina. E, sobrevivendo à Carolina e ao escritor, a figura não parece sugerir que leitores podem ser mais imortais do que autores?

Esta bela mulher ruiva, representada no quadro vestida com roupas em tons escuros, é ao que tudo indica, uma leitora. Pois ela não tem nas mãos um livro entreaberto? E o quadro não se chama, em italiano, *La donna che legge*? Aos leitores — e talvez sobretudo às *leitoras* de Machado — pode ser delicioso pensar com malícia em razões possíveis para o interesse do escritor pelo quadro.

Imaginemos Machado caminhando pelas ruas do Rio de Janeiro e deparando-se com o quadro em uma vitrina, ou em uma loja de objetos de arte. Imaginemos mais: que ao ver o quadro pela primeira vez, ele está justamente ruminando a criação de mais uma fascinante personagem feminina, uma daquelas que em sua obra com frequência empunham livros. Machado viaja na imaginação... o quadro é a representação de sua personagem. Será? Uma voz interior martela-lhe nos ouvidos que não, que não se trata de nenhuma personagem, que no quadro figura uma de suas leitoras... Machado se perde em conjecturas: por que esta leitora teria nas mãos um livro fechado: para melhor meditar no que lá estava escrito, ou por que a leitura a entediava? O dedo entre as páginas do livro marca a página à qual ela pretende retornar, ou se trata de um modo casual de segurar um livro? E a tesoura que mal e mal se vê na outra mão? A leitora se preparava para *cortar* o livro? Ia recortar um trecho que particularmente a agradou e que ela queria guardar em seu álbum, ou ia picotar uma passagem que particularmente a desagradou? Ou a tesoura não tem nada a ver com a leitura, e tanto ela quanto o livro fazem parte de um *cenário elegante*, em moda na época para realçar um retrato feminino?

São perguntas sem respostas, ou melhor, de várias respostas, diferentes umas das outras, na imaginação dos vários leitores do quadro e do soneto machadiano. Eu, por mim, gosto de fantasiar que este quadro, pendurado próximo da escrivaninha onde Machado escrevinhava suas histórias, era uma espécie de *lembrete* ao autor: lembrava a ele que o leitor pode sempre fechar um livro que não lhe agrada. — Lembrete talvez muito oportuno — e seu tantinho malicioso — para um escritor que incluía seus leitores nas histórias que escrevia e nem sempre os tratava com a cordialidade devida ao respeitável público.

O quadro de Fontana tematizado pelo soneto de Machado ilustra bem o projeto deste livro. Ambos reencenam, no Rio de Janeiro oitocentista, o velho parentesco entre pintura e poesia, postulado há muitos séculos, quando a literatura se representava quase exclusivamente pela poesia. Cinco séculos antes de Cristo, o grego Simonides de Keos (sim, leitores, há sempre um grego no começo de histórias de literatura!) estabeleceu uma relação muito sugestiva entre pintura e literatura: para ele, *a pintura é a poesia muda e a poesia é a pintura que fala.*

A ideia do parentesco foi retomada por outros estudiosos da arte, entre eles Horácio (século I a.C.) e o alemão Lessing (século XVIII). E de lá para cá, pintores e escritores têm dado curso à parceria tão lapidarmente formulada pelo velho grego, e é esta parceria que ganha capítulo novo com este *Histórias de quadros e leitores.*

Fixados em diferentes épocas e através de diferentes materiais, livros e leitores parecem ser presença constante na imaginação e na obra de muitos artistas. Diferentes linguagens visuais vêm, assim, escrevendo uma história da leitura no Brasil, construindo-se nesta história diferentes imagens de leitores e de leituras. Seguindo a lição de Simonides de Keos, o projeto deste livro foi fazer estas imagens *falarem*. A expressão latina que exprime o parentesco literatura/pintura — *ut pictura poesis*, que significa *na poesia, da mesma forma que na pintura* — ganha aqui, pois, uma nova versão.

Para isso, os escritores convidados para participar desta antologia — no mesmo sentido daquele poema que Manuel Bandeira *desentranhou* de uma notícia de jornal — *desentranharam* histórias das imagens.

O livro se abre com a tela de Benedito Calixto que, pelo olhar de Joel Rufino dos Santos, leva o leitor de "Confissão" para o Brasil do século XVI, com suas práticas de leitura efêmeras como a escrita na areia. E se fecha com Claudius e Lourenço Diaféria; este, relendo o cartum em "Barulhos do silêncio", mergulha o leitor no Brasil de todos nós, na babel de linguagens de final do século XX e início do século XXI. Se no texto de Joel Rufino a voz que se ouve é a voz do mar, no texto de Diaféria a sonoplastia fica por conta da televisão. Entre estes extremos, duas outras narrativas mergulham o leitor no século XIX: Assis Brasil, com "Um livro entre as mãos" metaforicamente passa a limpo uma das mais antológicas pranchas de Debret, e Ana Maria Machado em "Uma mulher audaciosa" introduz, num belo quadro de Almeida Jr., uma das personagens mais emblemáticas da literatura brasileira. São ambas belas e oportunas reescrituras, que reinventam leitoras oitocentistas, sob medida para o século que marcou a tardia introdução da imprensa no Brasil.

Com Moacyr Scliar ("Histórias de mãe e filho") e Lasar Segall, a leitura brasileira marca sua ascendência europeia, registra o sotaque de culturas com que se enriqueceu seu percurso no Brasil. Com "O último cangaceiro", de Ferreira Gullar, a partir de *O cajueiro*, de Odete Maria Ribeiro, vem à cena um Brasil afastado dos grandes centros, e uma das modalidades de poesia (o cordel), que se limita com a oralidade. Também distante e também plural é o Brasil de onde emerge a história de "Mirim", de Luiz Ruffato, rápida como parecem ser rápidas as passadas das figuras do quadro de Waldomiro de Deus. Com Carlos Vogt, o aparente caráter documental de uma foto da escritora Carolina Maria de Jesus se matiza das fantasias de um outro leitor, que, como todos, não só inventa suas personagens como também seus autores. Com Ignácio de Loyola Brandão e "Composição à vista de um quadro", ganha vida a pluralidade de leitores e de leituras vigentes em cada leitor.

Sempre leitores lendo outros leitores...

Fica desde já estendido o convite para que cada leitor desentranhe de cada quadro e de cada conto a sua própria história. Pois a dama, calada na pintura de Roberto Fontana, que pela pena de Machado ganhou voz, como queria Simonides, fala com (e de) todos nós.

Sua voz se alça na imaginação dos leitores que, pelas mãos dos escritores aqui reunidos, como Alice através do espelho, mergulham na pintura, de onde emergem, renovados, para um novo mergulho na literatura.

Marisa Lajolo nasceu e vive em São Paulo e cursou Letras na Universidade de São Paulo, onde também concluiu Mestrado e Doutorado. É professora titular do Departamento de Teoria Literária da Unicamp, onde — com o apoio do CNPq e da Fapesp — coordena o projeto Memória da Leitura (http://www.unicamp.br/iel/memoria). Publicou *A formação da leitura no Brasil, Do mundo da leitura para a leitura do mundo, A leitura rarefeita, Literatura infantil brasileira: história e histórias, Monteiro Lobato, um brasileiro sob medida, Literatura: leitores e leitura* e *Como e por que ler o romance brasileiro*, além de ter organizado inúmeras antologias e publicado artigos em revistas especializadas no Brasil e no exterior.

O poema de Anchieta, de Benedito Calixto. Óleo sobre tela, 48 X 69 cm. Paradeiro desconhecido.

Confissão

Joel Rufino dos Santos

Este padre não está escrevendo versos para a Virgem, como todos pensam. Conheço a história.

Caminhando serra acima ele fundou, há muitos anos, um colégio para curumins e meninos brancos: São Paulo do Campo de Piratininga. Ele mais um padre gago e outro zarolho.

— A mão da Virgem descansa sobre mim.

Este padre não dormia em rede, só no chão. Quando tinha pressa em descer ao vale do Anhangabaú, fazia como os índios. Sentava numa folha de bananeira e escorregava. As chuvas de dezembro a março transformavam as encostas em visgo.

Descia nas folhas como os índios. Não dormia em rede, era corcunda. No tempo de noviço, na sua terra, uma escada de madeira lhe caiu nos rins.

Uma cobra lhe entrou pelo camisolão. Enrodilhada, fazia volume na altura da barriga. Padre Nóbrega correu acender gravetos.

— Não lhe-lhe avi-vi-sei, pa-pa-dre José? Gostam de ca-ca-lor. Não se me-me-xa que já faço cá fo-fo-ra um foguinho.

— A mão da Virgem descansa sobre mim.

Todo fim de tarde tangia docemente os curumins com uma vara comprida:

— Anda rezar pelos que nos odeiam.

Os padres tinham muitos Inimigos. A começar pelos brancos que se deitavam com índias.

— Arderão no Inferno. Mas venham rezar por eles.

Emprenhando-as, escravizavam os próprios filhos e cunhados. Partiam pelo Anhembi, o Rio Grande, em igaras repletas de pólvora e comida. Iam propagar a fé, procurar esmeraldas e fazer escravos.

— Arderão duas vezes.

De noitinha, padre Paiva o sacudia:

— Anda pra rede, padre José. De cobra não se escapa duas vezes.

Só tinha medo ao Ipupiara. O Curupira, só conhecia de ouvir falar, quando encontrava um índio sozinho no mato tanto lhe dava de cipó que o desgraçado preferia morrer de vez. Para alegrar o monstrinho, os índios deixam no alto dos morros penas de aves, leques e flechas. O Ipupiara, este conhecia pessoalmente. Certa tarde, padre José voltava de canoa atravessando um rio, quando apareceu uma criatura chorando. Andava sobre as águas, feito Cristo. Se abraçou com ele. Parecia com homem, boa estatura, mas olhos muito encovados, corpo semeado de cabelos e no focinho umas sedas muito grandes como bigodes. As Ipupiaras fêmeas parecem mulheres, têm cabelos compridos e são formosas. O modo que têm para matar é abraçando-se com a pessoa, beijando-a e apertando-a consigo que a deixam toda em pedaços. Vendo a pessoa morta, dão alguns gemidos como de sentimento e, largando-a, fogem. Se levam alguns consigo, comem somente os olhos, narizes e pontas dos dedos dos pés e mãos. E as genitálias. Padre José cansou de encontrar índios assim mutilados em beira de rio. Uma vez que acudiu com o padre Toledo a um caso de Ipupiara, Toledo ia com a mão para fora da canoa, mostrando aos índios que não tinha medo. O Ipupiara a comeu.

— A mão da Virgem descansa sobre mim.

— Qual das mãos? — perguntou um inimigo. — A direita ou a esquerda?

Certa vez, no Caminho do Mar, quase pisou numa cobra enroscada. Fez o sinal da cruz e a matou com o bastão. Pouco depois, três, quatro, cinco filhotes começaram a andar pelo chão. Sem saber de onde vinham, eis que começaram a sair outras do ventre materno. O padre sacudiu o cadáver da serpente e apareceram mais onze, todos animados e já perfeitos, menos dois. Apareceram vinte, trinta, quarenta, o padre parou de contar.

O segundo Inimigo eram os pajés. Seduziam os índios para o culto ao Diabo, que se chama aqui Anhangá ou Jurupari. Quando passavam caraíbas, pajés errantes, o colégio se esvaziava. Iam atrás deles pelo mato afora, subiam serras, entravam em pântanos, buscando a Terra Sem Males.

O terceiro Inimigo eram os Tapuias Comedores de Gente.

Padre José fazia versos para a Virgem. Os curumins, tangidos de vara, repetiam as estrofes:

> — *Virgem Maria Senhora,*
> *Vosso escravo quero ser*
> *E protesto de viver*
> *Em vosso serviço, agora*
> *E, depois, até morrer.*

Nesta praia, eu sei que o padre não escreve para a Virgem, como se pensa. Ele tentava, mas terminado um verso vinha a onda apagar.

— Não me apague.

— Apago — respondia o mar.

— Você não me apague. São versos para a Virgem.

— Dane-se a Virgem. Escreva a verdade.

— A verdade é o meu amor à Virgem.

— Não. A verdade é o que você quer dizer, mas não diz. A confissão.

— Eu sou o confessor aqui. Não apague os versos.

A onda vinha:

— Apago.

Padre José, refém dos tamoios em Iperoig, espera há sete meses uma paz que não vem. Se portugueses e tamoios entrarem em acordo, ele, Nóbrega e o pedreiro Dias serão libertados. Se não, serão comidos. Conhece de cor a cerimônia, embora pessoalmente nunca tenha assistido. Ao entrar na aldeia o prisioneiro era recebido por um grupo de mulheres. Tinha de gritar:

— Aju ne xê peê remiurama! Estou chegando eu, vossa comida!

Era apalpado, cheirado, conferido. Lhe davam mulheres e frutas durante semanas. No dia, era amarrado no centro da taba, nu e imobilizado por duas cordas, uma de cada lado da cintura. Deixavam um monte de pedras ao seu alcance para jogar nos carrascos. Xingavam-no e ele podia xingar também. De repente, corria alguém por trás e lhe abria o crânio com uma paulada. Chegavam as mulheres esfoladoras, depois as que faziam sopa das carnes, as que limpavam os ossos, as que enchiam tutanos com os pedacinhos torrados.

— Aju ne xê peê remiurama.

Padre José, das Canárias, fundador do Colégio de São Paulo, vai terminar assim. Em Iperoig, refém dos tamoios, não consegue escrever na praia versos para a Mãe de Cristo.

— Não me apague os versos.

— Apago — diz a onda voltando. — Fale a verdade.

— A verdade é o amor da Virgem.

— A verdade é a confissão que você tem a fazer.

A praia é seu cativeiro. Toda manhã pega a vara de marmelo e vem poetar para a Mãe de Deus. "Olha, que eu apago", diz a onda. "Não apaga", responde. Cansa da brincadeira. Relembra como tudo começou. Manhã garoenta. Os tamoios cercavam o Colégio. Dentro de uma lua arrasariam tudo. Arrastariam os padres para o banquete da aldeia. Estavam na mão de Deus. O bárbaro que chefiava o cerco, Aimberé, enviou um espião, Jagoanharo, conseguir o apoio dos índios guaianases que tinham se convertido à fé dos padres. Precisava deles para duas coisas: no momento em que os tamoios atacassem pela frente, deviam abrir o Colégio por dentro, explodindo o seu pequeno paiol, e atacá-lo por trás. Já tinha essa pessoa, o cacique convertido Tibiriçá. Tibiriçá concordou, só pediu que adiasse o ataque por duas luas. Jagoanharo partiu descansado, podia contar com o parente. Valiam mais os laços de sangue. Tudo acertado, foi chegando a hora. No interior do Colégio, Tibiriçá cada vez mais nervoso. Esfregava as mãos, mijava de minuto em minuto. Padre José o chamou à capela:

— Que está havendo, meu filho? Você não sabe disfarçar.

Tibiriçá se escondeu embaixo da escada. Padre José teve um acesso de raiva:

— Debaixo da escada... Levanta, índio covarde!

Com o cajado empurrou Tibiriçá para o confessionário:

— Abra seu coração. Em nome de Deus Pai.

Tibiriçá confessou a traição. Padre José despachou imediatamente um emissário a Salvador. Duas luas eram o bastante para chegarem os reforços. E pediu ajuda a todos os colonos caçadores de índios espalhados pelo campo e a borda do campo que descia para o mar. Também eram seus inimigos, mas diante dos tamoios passavam a amigos. Pediu ajuda aos caçadores de índios, ao alcaide de Santo André e ao governador do Rio. Romperiam o cerco. O Colégio sobreviveria. Se tornaria, no futuro, uma grande aldeia, maior do que Lisboa, do que Madri, do que Roma. Uma Babilônia. Imaginava o formigueiro de gente descendo e subindo as barrancas do Anhangabaú. Tibiriçá entregou o plano dos tamoios, o dia e a hora. Se sentiu tão aliviado e leve que ferrou no sono. Entregara seus parentes, mas não se sentia culpado. Tinham escolhido sua própria sorte.

— Queriam continuar de osso metido nos beiços?

Adoravam pedaços de pau. Confiavam em pajés. Saíam pelo mato atrás de caraíbas. Mentira a Terra Sem Males, onde milho crescia sozinho, as espigas mais altas que um homem, não se precisava trabalhar nunca, as mulheres envelheciam sem rugas.

— Conversa.

Só havia uma Terra Sem Males: o Céu, morada eterna de Deus e dos Santos. Seus parentes podiam compreender o Sacrifício do Cordeiro? Deus é mais do que Tupã. Odiavam os padres que só lhes queriam a salvação. O corcunda, o gago e o zarolho atravessaram o mar para pregar o Evangelho. Para lhes tocar o coração inventavam peças e hinos, procissões de timbales, pombinhas brancas bordadas contra fundo azul.

— Cabeças duras. Espíritos trancados.

Não eram os padres que os defendiam dos portugueses? Não vinha o padre José gastando a vista numa gramática que tornasse a sua língua travada numa língua de gente?

— Ingratidão.

Padre José ensaiava pelos matos o coro de curumins:

— I membyra o-'ar umã, amõ putuna r-esé, pitang-i-porang-eté. I xy na s-ugûy-î tirûã: i aku'i, n'i kûar-i, nhê Seu filho já nasceu, numa noite, um neném muito belo. Sua mãe nem sequer sangrou, estava seca, estava virgem, de verdade.

Não entendiam como Deus nasceu da Virgem.

Adiantava explicar? Fingiam entender. O que gostavam mesmo era da procissão, das opas coloridas, dos santinhos de barro se equilibrando nos andores de madeira vermelha, das cantigas com maracás em noites de tempestades.

— I membyra o-'ar umã. Sua mãe nem sequer sangrou, estava seca, estava virgem, de verdade.

Apesar da traição de Tibiriçá e do reforço militar, os tamoios venceram. O próprio Fernão de Sá, filho do governador-geral, teve a cabeça estourada por um tacape à beira do Rio Quiraré.

Qual a saída? Reconhecer os tamoios como vencedores e pedir a paz.

— Cabeças duras. Espíritos trancados.

Seguiram para Ubatuba, aldeia principal dos vencedores, Anchieta, Nóbrega e um certo António Dias, pedreiro. Os tamoios impuseram a seguinte condição: libertação de todos os escravos índios e distribuição de sementes, aves e gado trazidos da Europa. Em troca os colonos teriam paz, emprenhando quantas índias quisessem, e os padres entrada franca nas aldeias e taperas. Só uma cláusula ficou em aberto, difícil de negociar: os tamoios exigiam a entrega dos traidores, Tibiriçá e Caiubi. Os padres e o pedreiro, enquanto isso, ficariam reféns. Aimberê, o chefe tamoio, subiu a serra para selar o acordo. Quando retornou, os índios libertaram Nóbrega e o pedreiro, mas, por garantia, mantiveram refém o padre José.

24

Eu sei a verdade. Padre José levanta toda manhã, se afasta da aldeia, chega nesta praia e tenta escrever um poema à Virgem. A onda vem e destrói:

— Escreva a verdade. Mentira eu apago.

A verdade está no sonho que o padre sonhou desde a confissão de Tibiriçá. Sonha o mesmo sonho várias noites.

Uma escada de índias sobe ao Céu. Índia sobre índia, de pé, de costas, de lado, de ponta-cabeça, enoveladas, esticadas, pretas, vermelhas, pardas, mouras, cor de azeitona, cabelos lisos, cabelos eriçados. Índias, índias e mais índias. Cansado, padre José deita a cabeça no primeiro degrau. A escada começa a se agitar. Virou uma teia de aranha tangida pelo vento. Sente atrás, fungando no cangote, uma criatura alta e gorda. Ela o abraça por trás e chora. O padre lhe implora que pare de chorar. A escada some. O padre não tem ninguém para socorrê-lo.

— Faça a sua confissão — chora por trás dele a criatura. Aperta o abraço: — Faça a sua confissão. Já fiz a minha.

O padre acorda. Confessar o quê? Nada tinha para confessar. A verdade era esta: nada tinha para confessar. Quando os tamoios iam arrasar o Colégio, notou que Tibiriçá estava nervoso. Chamou-o à confissão, era seu dever. O guaianás era convertido. Fez o que tinha de fazer.

25

Ele, José, recebera a confissão. "Estou combinado com meus parentes. Vamos acabar com o Colégio." O que lhe disse, então? "Quando? Por onde vêm? Quantos são? Abra o coração." Ainda dava tempo de pedir socorro. O que fez? O que qualquer cristão faria. Despediu o índio com uma penitência alta. E correu tomar providências. A que confissão se referia o sonho? Nessa história de sangue e traição só uma confissão, a de Tibiriçá. Ele, José, não tinha nenhuma a fazer. Em alguns momentos lembrou que o segredo da confissão é sagrado. Pertence ao pecador e a Deus. Era disso que estavam falando? Confessar que quebrara o segredo da confissão? Se ficou furioso, naquele dia, é porque fora encontrar Tibiriçá como uma índia debaixo da escada.

— Debaixo da escada... Levanta, índio covarde!

Por que o acesso de raiva quando viu o índio debaixo da escada? Que queriam dele, agora? Que guardasse o segredo de que iam atacar o Colégio?

— Queriam que o Colégio acabasse?

Índios andariam pelo mato de beiço furado. Desconhecendo Deus, adorariam o Trovão. Padre José, refém dos tamoios, não entende que confissão mais havia por fazer.

No cativeiro, levanta da rede antes de nascer o sol. Gaivotas apressadas soltam guinchos à sua volta. Mergulham no mar frio.

— Queriam que o Colégio acabasse?

Com a vara retoma o poema da Virgem. A primeira onda vem e apaga. Reescreve. Ela apaga de novo. Desiste.

— Queriam que o Colégio acabasse?

Quando era menino uma escada lhe caiu sobre os rins. Nessa praia sonha com uma escada de índias peladas. Acorda suando frio. O Ipupiara o agarrava por trás, implorando por sua confissão. A confissão foi a de Tibiriçá. Ele salvara o Colégio. Um dia, o vale seria como Babilônia, formigas subiriam e desceriam em muitas direções, com pressa.

Nascido no Rio de Janeiro, em 1941, filho de pais pernambucanos, Joel Rufino dos Santos viveu cerca de dez anos em São Paulo.

Historiador de origem, durante anos lecionou em cursinhos preparatórios para vestibular, retornando à universidade em 1978 com a anistia aos cassados pelo regime militar. Foi exilado na Bolívia e no Chile. Transferindo-se para a área literária, publicou diversos livros: *Quem fez a República, O dia em que o povo ganhou, História política do futebol brasileiro e Zumbi* (ensaios de História); *Abolição, Quatro dias de rebelião e Ipupiara* (romances); *O curumim que virou gigante, A botija de ouro, Uma estranha aventura em Talalai, Marinho, o marinheiro e outras histórias, O noivo da cutia, Duas histórias muito engraçadas e O soldado que não era* (literatura infantojuvenil).

Uma senhora brasileira em seu lar, de Jean-Baptiste Debret, século XIX. Litografia aquarelada de *Viagem pitoresca e histórica ao Brasil.*

Um livro entre as mãos

Luiz Antonio de Assis Brasil

Jean-Baptiste Debret era desenhista e pintor. Um homem muito sofisticado e culto. Veio para o Brasil quando D. João VI chamou para cá um grupo de artistas franceses.

Acolhido pela natureza exuberante do Rio de Janeiro, Debret logo ficou encantado. Olhava para o alto das montanhas e para o azulão do mar e pensava: "nunca vi nada tão belo em minha vida". Mas não ficou seduzido apenas pela natureza, mas também pelo povo. Isso não era raro acontecer com os europeus que nos visitavam. Dedicou-se então a desenhar cenas de rua, cenas domésticas e práticas religiosas. Retratou as personalidades da corte, como o próprio rei, a rainha D. Carlota Joaquina, o príncipe D. Pedro. Talvez ele tenha sido o nosso primeiro repórter.

Coisa terrível, entretanto, era a escravidão, que ele não entendia. Desenhou muitos negros nas situações mais humilhantes: sendo espancados até a morte pelos feitores ou realizando os trabalhos que os brancos detestavam. Eram todos analfabetos. Difícil era entender que um país tão generoso pudesse abrigar tanto desprezo pela vida humana.

Num domingo à tarde, Debret caminhava pela beira do mar. Levava seu estojo com o material de desenho e pintura. Usava um grande chapéu para proteger-se do sol. Não tinha nenhuma ideia, talvez desenhasse mais uma vez o Pão de Açúcar. Aquele abrupto penedo o magnetizava. Já o havia desenhado várias vezes.

Sentiu sede. Passava em frente a um solar de dois pisos, cuja porta central e as janelas davam para o mar. Todas as janelas estavam abertas à brisa marítima. Parou em frente à porta, olhou para dentro. Uma mulher branca, concentrada, descalça, os cabelos soltos sobre os ombros, cortava um pano: era a senhora dona da casa. À sua frente, sobre esteiras no chão, estavam duas escravas: uma bordava, e a outra confeccionava uma longa renda. Entre as escravas, dois pequeninos pretos de um ano e meio, nus, possivelmente seus filhos, brincavam, distraídos com uma laranja. Voltada para a patroa, sentava-se uma menina de oito anos, mulata, com os cabelos rentes ao crânio. Lia um grosso livro. Numa página aberta aparecia o mapa da França.

Debret tirou o chapéu. Bateu de leve no umbral da porta e forçou um pigarro. A senhora ergueu a cabeça e, assustada, levantou-se e correu para dentro da casa. Debret sorriu: sabia que as senhoras brasileiras eram ariscas, mas não a esse ponto. As negras o acolheram com simpatia. Pediram-lhe que entrasse e perguntaram o que queria.

— Gostaria de um copo de água.

A negra mais robusta gritou "José, traga um copo de limonada".

José, um escravo adolescente, logo apareceu com um copo de limonada numa bandeja de prata e parou em frente a Debret. Debret pegou o copo e, enquanto bebia goles curtos, perguntou de quem era a casa.

30

— Aqui são os Mendes. O nosso senhor é José Mendes. Ele é português. Tem comércio na cidade.

— E a senhora...

— É D. Felícia, a esposa dele.

— E essa menina? — indicou a mulatinha com a cabeça.

A menina largou o livro e cravou dois olhos inteligentes em Debret.

— Meu nome é Maria Eulália. Eu sou filha do Senhor José Mendes. — Fez uma pausa. — Eu já sei ler.

Debret embaraçou-se.

— Vejo bem... — disse, por falta do que dizer. — E a senhora D. Felícia Maria é sua... madrasta?

As duas negras olharam-se, riram, baixando o rosto.

— É minha mãe — disse Maria Eulália. — Todos têm uma mãe. Ela me criou.

— De fato... — Debret repôs o copo na bandeja. Estava indo longe demais. Era melhor despedir-se. — Muito obrigado pela limonada.

— Não se vá — ele escutou uma voz suave. D. Felícia entrava na sala. Tinha posto uma roupa de sair, vermelha. Usava sapatos brancos e meias brancas. Arrumara o cabelo num coque e repartira-o em dois bandós românticos. Veio até Debret, estendeu-lhe a mão, que ele beijou. — Sente-se — ela convidou.

O escravo adolescente veio trazer uma cadeira. Debret pôs ao lado seu estojo de trabalho e sentou-se. Achou melhor explicar-se:

— Sou francês, sou pintor. Estou em sua casa porque queria um copo de água. Foram muito gentis, me deram limonada — "conversa mais tola", pensou Debret.

— Ah... — disse D. Felícia. Voltou para o lugar em que Debret a encontrara, retomou o que estava fazendo. — Se não se importa... E você — dirigia-se a Maria Eulália — pode seguir no seu estudo.

— Gostaria de desenhar essa cena, posso? — Debret sabia que não podia perder aquele momento. Autorizado com um gesto de D. Felícia, ele pôs o estojo sobre as pernas, abriu-o, pegou uma folha de papel e um lápis e começou fazer um esboço.

Entretanto, conversavam. Conversaram até que foi quase noite. Maria Eulália estudava seu livro e apareciam mapas do mundo inteiro.

— O senhor é de onde? — ela quis saber.

— De Paris.

— Capital da França.

Era, mesmo, uma raridade, aquela menina.

No outro dia vieram acordá-lo em seu quarto.

Era José Mendes, o comerciante. Era um homem tão branco como papel. Mal tirou o chapéu de feltro, disse:

— O senhor esteve lá em casa, ontem.

— Pois estive. Fiz isto. — Inquieto por não saber as intenções do português, Debret mostrava o esboço do desenho. — Falta agora concluir e colori-lo com aquarela.

José Mendes olhou para o esboço.

— Está bonito. O senhor pode me vender, quando ficar pronto?

— Não. Mas posso emprestá-lo pelo tempo em que eu ficar no Brasil.

O comerciante:

— Posso pedir-lhe uma coisa?

E Debret escutou um pedido extravagante. O homem queria que Debret tirasse o livro da mão de Maria Eulália. Que pusesse, no máximo, uma folha com um á-bê-cê. Explicava:

— O senhor sabe... ela é minha filha. Digamos assim, mas não é filha da minha mulher. É filha de uma escrava. Essa gente não pode aprender a ler. — O homem abanava-se. — E eu quero pendurar isso na parede da minha sala, ao menos por um tempo. E meus vizinhos podem reparar que eu tenha mandado ensinar a uma filha de escrava.

Não era um pedido difícil de atender. Debret respondeu que faria o desenho como o homem queria. Afinal, não faria nenhuma diferença, com livro ou com abecedário.

— Ótimo — disse o homem. — Mais vale ter por pouco tempo do que nunca.

Foi muito proveitosa a estada brasileira de Debret. Viajou a várias províncias do Império e documentou essas viagens com centenas de quadros a óleo, aquarelas, gravuras e desenhos.

Na casa do comerciante José Mendes o quadro era uma atração. Um quadro feito pelo próprio pintor da corte. Deveria ter custado uma fortuna, diziam. José Mendes aceitava os cumprimentos. Nem concordava nem negava. D. Felícia, porém, tinha um sorriso oculto, e ao olhar para o quadro, movia enigmaticamente a cabeça. No quadro, Maria Eulália lia um abecedário. Com o dedo indicava a letra *D*.

Já a menina Maria Eulália, quando vinha para a sala, escutava os elogios de que era muito aplicada, pois aparecia aprendendo o á-bê-cê. Mas que não se esforçasse muito, pois ler mais do que o á-bê-cê não era próprio de uma mocinha. Pensavam: "E ainda mais bastarda e filha de escrava".

Maria Eulália escutava os comentários e trocava um olhar com D. Felícia. D. Felícia fazia-lhe um sinal de que não se importasse.

Quando as visitas saíam, restabelecia-se a verdade. Maria Eulália vinha para a sala com seus livros, que agora já não tinham figuras. Um deles chamava-se *Marília de Dirceu.*

Debret, que ocasionalmente vinha ao solar, era recebido com alegria. A visão do quadro, porém, o amargurava. Na verdade, a menina deveria estar lendo um livro de gente instruída e adulta.

Maria Eulália cresceu. Morreram seu pai e a senhora D. Felícia. Morreram todos. Maria Eulália herdou o solar e estudou francês. Lia livros em francês e em espanhol. Tomou um professor que a ensinava a escrever bem.

Um dia sua casa foi visitada por um alemão. O alemão era muito lido e apaixonou-se por Maria Eulália e por sua inteligência. Casou-se com ela, para espanto de toda a sociedade do Rio de Janeiro. Foram viver na Alemanha. O alemão era rico, dono de uma estrada de ferro e de várias locomotivas e vagões. Era tão rico que seu relógio era de ouro maciço. Gostava de apresentar sua mulher mulata. Ninguém falava nada em atenção à riqueza de Hans Friedolin. Até falavam com Maria Eulália, e ela respondia em alemão mais do que razoável. Não tiveram filhos. Viajavam muito, visitavam livrarias. Isso era difícil de acontecer, mas acontecia. A mãe do grande escritor alemão Thomas Mann, o prêmio Nobel, era brasileira e, dizem, mulata.

Muitas coisas aconteceram no Brasil. Assumira o trono D. Pedro II. O país progredia. Os escravos foram beneficiados por leis que lhes reconheciam direitos. Alguns ex-escravos tornaram-se bacharéis e médicos. Filhos de escravos tornaram-se escritores e jornalistas. Joaquim Maria Machado de Assis seria um desses.

Como o país se tornava igual a tantos outros, Debret decidiu que findava sua presença por aqui. Buscou seu desenho na casa de José Mendes e incluiu-o entre seus outros trabalhos.

Ao voltar para a França, levava dois baús cheios com suas obras. Publicou-as sob o título de *Viagem pitoresca e histórica ao Brasil*. Fez muito sucesso. Todos ficavam pasmos em ver como se vivia no Brasil. Um dos quadros mais interessantes era o "Uma senhora brasileira em seu lar".

Debret chegou à janela, em Paris. Tornara-se um homem velho e suas mãos tremiam. Olhava para o movimento da rue Cujas, junto à Sorbonne. Quase anoitecia. Esfregou as mãos. Fazia muito frio e começava uma neve fininha, dessas que duram dias. Voltou para o lado do fogão.

Quando bateram à porta, ele se perguntou quem poderia ser, naquela hora e com aquele frio. O criado foi atender.

Logo entrava um casal. Um estranho casal.

— Professor Debret — ela disse, avançando a mão. — Conheci o senhor há muitos anos, no Brasil. Meu nome é Maria Eulália. Lembra?

Foi como um raio, a instantânea lembrança. A pele morena era a mesma. O olhar esperto e inteligente era o mesmo. Maria Eulália, sim, ele agora estava lembrado.

Maria Eulália tirou de baixo de sua rica peliça um exemplar da *Viagem pitoresca e histórica ao Brasil*. Abriu-o na página em que fora reproduzida a gravura "Uma senhora brasileira em seu lar".

— Gostaria que autografasse para mim — ela pediu.

— Naturalmente. — Debret encaminhou-se para a mesa, pegou a caneta. — Lamento... — ele tentava explicar, a caneta em suspenso — que não seja um quadro verdadeiro. A senhora estava lendo um livro, naquele dia. Que livro, mesmo, a senhora tinha entre as mãos?

— Um livro de geografia. Era um livro com mapas.

Agora Debret lembrava-se.

— Sim. Vou pintar a cena de novo, só que com o livro de geografia. — Debret entusiasmou-se com a possibilidade de reparar o erro. Conversaram muito. O pintor escreveu uma bela dedicatória e insistiu em repintar a cena.

— Claro. Viremos buscá-lo ainda antes de voltarmos à Alemanha. Está bem assim? — disse o marido alemão ao despedir-se.

— Está.

Nos dias seguintes Debret esteve trabalhando com uma dedicação que havia tempos não sentia. Passava longas horas em seu ateliê. O desenho estava quase igual ao que fora publicado. Deixara para o fim as mãos de Maria Eulália. Com habilidade desenhou o livro entre as mãos.

— Enfim, estou reparando uma injustiça — ele murmurou para si mesmo. — Uma injustiça para com o Brasil.

Depois do desenho pronto, começou a aquarelá-lo, dando-lhe cores vistosas que, naqueles dias cinzentos e de sol baixo, brilhavam de alegria.

Num sábado deu por pronta a gravura. Maria Eulália estudava, inteligente e precoce, seu livro de geografia. Debret pôs a mão de Maria Eulália sobre uma página aberta no mapa da França.

Esperou em vão que ela e seu marido voltassem para buscar o quadro.

Veio uma primavera chuvosa e de poucas flores.

Debret, em seu ateliê, caminhava de um lado para outro, as mãos às costas. Às vezes olhava para o "Uma senhora brasileira em seu lar". Ali estava o livro na mão de Maria Eulália. Ali estava a verdade.

Maria Eulália nunca mais veio. Nem seu marido alemão. Debret não se importou. Dizia:

— Não faz mal. Reparei a injustiça.

Quando ele morreu, seus herdeiros encontraram a aquarela. A data era recente. Estranharam aquele impossível livro nas mãos de uma negra, e brasileira. Era apenas um sonho da velhice de Debret. Um antiquário comprou a gravura. Deixou-a uns dias em sua vitrine. Depois colocou-a numa pilha de papéis que foi arrematada por um colecionador. O navio em que este voltava para Cuba acabou por naufragar à vista do porto de Havana.

O que valeu, desde então e para sempre, foi a gravura publicada. É a que está reproduzida neste livro.

E Maria Eulália, atenta e inteligente, mulata, bastarda e brasileira, mostra-se como a vemos: em eterno aprendizado, o elementar aprendizado das letras do alfabeto. Quase podemos ouvi-la, para sempre balbuciando as primeiras letras.

Luiz Antonio de Assis Brasil nasceu em Porto Alegre, cidade em que vive até hoje. Doutor em Letras, é professor titular da Pontifícia Universidade Católica do Rio Grande do Sul. Como romancista, tem obras publicadas no Brasil (15 romances e uma antologia de contos) e no exterior. Recebeu inúmeros prêmios nacionais e internacionais dos mais significativos, entre eles: Prêmio Literário Nacional do Instituto Nacional do Livro em 1988, por *Cães da província*; Prêmio Literário Erico Verissimo em 1988, pelo conjunto de sua obra; Prêmio Pégaso de Literatura Latino-americana de Bogotá (Colômbia), menção especial do júri por *Pedra da memória*, em 1994; Prêmio Machado de Assis, por *O pintor de retratos*, Fundação Biblioteca Nacional, 2002; Prêmio Jabuti, por *A margem imóvel do rio*; Prêmio Portugal Telecom de Literatura Brasileira, por *A margem imóvel do rio*.

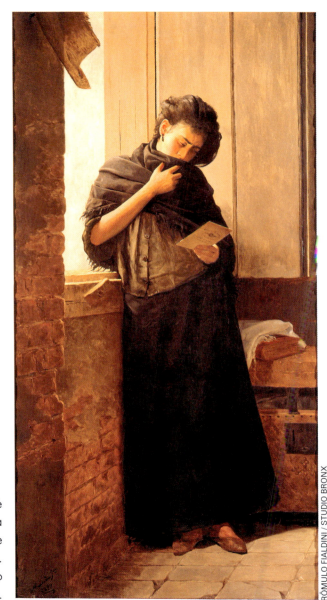

Saudades, de José Ferraz de Almeida Jr., 1899. Óleo sobre tela, 195 X 98 cm. Pinacoteca do Estado de São Paulo.

Uma mulher audaciosa

Ana Maria Machado

Venham comigo ler a carta de Lina e mergulhar nessas águas moventes onde se cruzam ficção e realidade, no contínuo fluxo de livros que se esparramam por nossa vida e a fecundam.

Os livros continuam uns aos outros, apesar de nosso hábito de julgá-los separadamente.

Vevey, 28 de março de 1911.

Minha querida amiga Sancha,

Bem imagino tua incredulidade ao receber esta carta. Seguramente me tens por morta e enterrada há mais de vinte anos. E subitamente te escrevo, da Europa, sem nem ao menos saber se estás viva ou se esta carta, afinal, te chega às mãos, visto que o único endereço que tenho é o de teus parentes no Paraná. Haveria tanto a dizer-te, sobre todas as cousas que se passaram nestes quarenta anos, contados dia a dia, desde a trágica manhã em que a catástrofe te trouxe a viuvez e deixou tua filhinha na orfandade. Inúmeras vezes compus este relato mentalmente, mas outras tantas o deixei de lado sem saber por onde começar, nem que palavras usar para dar conta das razões que me moveram.

Sei agora que tenho pouco tempo e não me cabe mais adiar. Deixo ordens expressas para que este envelope te seja enviado após meu falecimento, que segundo o médico não deve tardar muito. Sei, assim, que teu olhar só estará percorrendo estas linhas quando não haverá mais resposta possível neste mundo. As lembranças e emoções que deito ao papel não têm mais o poder de mudar o curso dos acontecimentos. Meu gesto serve apenas para trazer-me, a mim, um pouco de paz. E talvez também a ti, garantindo-te a certeza de que não guardei ressentimentos de ti (sim, eu sabia, vi os olhares entre ti e meu marido).

Antes de ir-me, gostaria de despedir-me de minha tão cara amiga de infância e de te dizer que só agora parto, aos 68 anos de idade, do outro lado do oceano, levando entre minhas melhores lembranças desta vida a preciosa amizade que nos fez compartir momentos de alegria e de dor, mas que não foi capaz de me fazer escolher a total sinceridade para contigo nestes quase quarenta anos em que a vida me arrancou de nossa cidade luminosa, beijada e batida pelo mar e me transplantou para estas montanhas, onde me deixou encerrada e sem horizontes.

Ao leres o ocorrido, na certa entenderás que era impossível que eu me dirigisse a ti sem te magoar ainda mais. Só por isso não o fiz apesar de todas as saudades e doces memórias. Agora, porém, a verdade é um dever. Espero que me compreendas, me perdoes como te perdoei, e rezes por mim, intercedendo ao Padre Eterno por esta pobre alma a quem muito poderá ser perdoado porque muito amou, segundo promete a Escritura. Acompanha esta carta um caderno de receitas que mamãe me deu pouco depois de sairmos do colégio, e no qual nunca mais escrevi desde a manhã em que ficaste viúva, quando nele fizera as últimas anotações, antes de saber da tragédia. Verás que ao longo do tempo, além de nele copiar receitas de cozinha e maneiras de fazer modelos de tricot e crochet, de quando em quando depositei em suas páginas registros de meu estado de espírito. Por vezes foi ele meu único amigo confiável, naqueles momentos que bem conheces, em que nossa condição de mulher nos obriga a agir com discrição e cautela, por vezes até com dissimulação.

Sugiro que interrompas aqui a leitura desta carta e folheies as páginas do caderno — cujas receitas, se desejares, poderão depois ser passadas a tua filha, para que não se perca inteiramente o saber de alguns sabores. Não precisas dizer-lhe que o caderno pertenceu a sua madrinha. Deixe-a na ilusão de que morri há muito tempo. Como verás, nem mesmo meu nome está mais na primeira página dos escritos. Há certas memórias que, se ajudarmos, até Deus esquece.

Com a leitura, poderás acompanhar o que me ia na alma. Confirmarás quanto eu sempre amei meu marido e como entre nós duas nunca houvera antes daquela fatídica noite cousa alguma que maculasse nossas simpatias, nossa amizade começada no colégio, continuada e nunca interrompida até que um lance da fortuna fez separar para sempre duas criaturas que prometiam ficar por muito tempo unidas.

O que se seguiu à descoberta daquela noite, e que nem imaginas, tratarei de contar-te resumidamente.

Na manhã seguinte, aturdida e abatida, escrevi aquelas notas em meu caderno e depois fui à missa com prima Justina. Ao regressar, soube que Santiago fora chamado às pressas à tua casa, porque teu marido se afogara. Não pude deixar de recordar, imediatamente, que ainda na véspera eu pensara em sua morte, e na minha também. Igualmente pensara na tua morte e na de meu marido, cheguei a pedir aos céus que elas se abatessem, tão ferida e dilacerada me encontrava eu com a descoberta da traição. Devido à lembrança dessas orações recentes, sentia-me como se meus pensamentos houvessem provocado a tragédia, como se a morte dele, tua viuvez e a orfandade de minha afilhada tivessem como causa única meus desejos secretos. Ao chegar a hora da encomendação e da partida do corpo, teu desespero foi muito além do que eu podia suportar. Ao olhar fixamente o cadáver, supliquei com todas as minhas forças que ele me levasse consigo, pensei em lançar-me ao mesmo mar que o levara e que agora me atraía, como se a única maneira de findar meu sofrimento fosse ser tragada pela mesma ressaca que o arrebatara e ainda bramia diante da casa. Nos dias e semanas seguintes, ajudei-te como pude a arrumar tuas cousas e preparar tua mudança para o Paraná. Por vezes desejava falar-te, contar que eu vira os olhares trocados por ti e Santiago. Outras vezes desejava confessar-te que a morte que te atingiu fora invocada por mim. Não ousei. E depois de tua partida, continuamos nos escrevendo como se nada houvesse mudado em nossa amizade. De minha parte, essa correspondência constituiu uma mentira e uma falsidade que sempre me molestaram muito e só agora clareio.

Nessas cartas, outra coisa que te ocultei foi o motivo que me fez vir para a Europa com meu filho. Eu já havia proposto antes a Santiago essa viagem, ou uma temporada em Petrópolis. Sofrendo de melancolia nessa ocasião, ele vivia calado e aborrecido. Dizia que os negócios andavam mal. Propus-lhe vender as joias e os objetos de algum valor, até que tornassem a andar bem. Respondeu-me secamente que não era preciso vender nada, pegou do chapéu e saiu. Então vivia assim, sempre irritado. Com o pequeno, ainda mais do que comigo, se tal era possível. Evitava-o o quanto podia, respondia com aspereza a suas perguntas, fazia-o chorar a todo momento. Para ver se melhoravam as cousas, propus meter o menino no colégio de onde só viria aos sábados. Pois crês que nesse dia, o pai saía, buscava não jantar em casa e só entrava quando ele estava dormindo? Aos domingos, trancava-se no gabinete ou saía outra vez. Quando acaso se encontravam, era doloroso constatar o contraste entre o menino, alegre, turbulento, expansivo, cheio de riso e de amor, e a evidente aversão que lhe tinha o pai e que já não podia disfarçar. Como não disfarçava o horror que minha presença lhe causava.

Houve, porém, um sábado em que se encontraram. Não sei o que houvera antes, mas logo antes de sairmos para a missa, o menino entrou correndo no gabinete do pai, chamando-o com sua alegria de sempre, querendo beijá-lo. Fui atrás, devagar, e cheguei a tempo de ver Santiago forçando o filho a tomar uma xícara de café, a ponto de empurrá-lo pela goela abaixo da criança. Como o pequeno não quisesse, o pai insistia. Mas depois mudou de ideia de repente, recuou, começou a beijar doudamente a cabecinha dele e a exclamar que não era pai dele. Ouvindo isso, decidi interferir. Entrei no gabinete, disse ao menino que saísse.

Pedi explicações daquela cena e das lágrimas dos dois. Ele repetiu que não era o pai do menino. Estupefata e indignada com tamanha injúria, pensei que não resistiria à dor. Mas quis saber de onde vinha tal convicção, insisti para que falasse tudo, teimei para que fosse sincero, a fim de que eu soubesse do que estava sendo acusada e pudesse me defender. Acabei por lhe dizer que, se não achava que houvesse defesa possível, eu lhe pedia nossa separação. Já não podia mais!

Minha querida Sancha, tanto tempo se passou, tantas dores se somaram a essa, e meu coração ainda se confrange ao recordar esses instantes que eu não acreditava estar vivendo, mas cuja realidade o próprio tempo se encarregou de confirmar. Pois Santiago passou então a acusar-me de ter tido meu filho com teu marido! Era demais! Até os defuntos! Nem os mortos escapavam aos seus ciúmes!

Eu sabia a razão. Era a casualidade da semelhança. Como se não as houvesse na natureza... Seguramente te recordas de que teu pai mesmo gostava de mostrar como eu era parecida com o retrato de tua mãe que pendia na parede da sala. Lembra-me sua insistência em mostrar como nossas feições eram semelhantes, a testa principalmente e os olhos. Dizia até que nosso gênio era um só, parecíamos irmãs. Por isso, tu e eu seríamos tão amigas...

De qualquer modo, a convicção de meu marido era sincera. De nada valeria argumentar. Nem eu o desejava. Não se tratava mais da pessoa por quem me apaixonara ainda menina e com quem eu desejara compartilhar toda a vida. Desde então, dentro de mim, passei a chamá-lo pelo sobrenome, como se se tratasse de outro homem. Talvez fosse essa uma derradeira tentativa terna de preservar o apelido familiar para o menino que fora meu companheiro de folguedos, o rapaz que por tantos anos eu esperava, o homem dos primeiros tempos do casamento, que me deu tanta felicidade. Feliz como um passarinho que saiu da

44

gaiola, dizia ele. Mal suspeitava eu que saíra apenas para dentro de um quarto cheio de espelhos, que me fazia supor estar entre as árvores e o céu aberto mas se limitava a me prender, num vertiginoso jogo de ilusões que se repetiam ao infinito.

Fui à igreja, confiei a Deus todas as minhas amarguras, na esperança de que Sua vontade um dia explicaria tudo, se assim o desejasse. Trouxe comigo a certeza de que a separação era indispensável. Eu não poderia conviver com tão infamante suspeita. De regresso, ao limpar a bandeja na cozinha, derramei o café frio da xícara na cuia que servia de caneca ao papagaio. A ave tomou e morreu. A bebida que Santiago forçava pela goela abaixo de nosso filho estava envenenada.

Mais uma vez dissimulado, Santiago não quis que soubessem de nossa separação. Preferiu fazer algo diverso. Embarcamos num paquete como se fôramos de passeio para a Europa, numa viagem em que meus tormentos não só acabaram comigo de uma vez porque eu sabia que tinha que me fazer de forte, pelo meu filho. Era meu único consolo.

A bordo, conhecemos uma professora do Rio Grande, de quem me fiz amiga. Chamava-se Eugênia. Acabou vindo conosco para Suíça e, depois que Santiago tornou ao Brasil, ficou ensinando a língua materna a meu filho e me fazendo companhia. Gostarias de conhecê-la, Sancha. Conversaríamos muito, as três. Sendo uma pessoa que desde cedo teve que trabalhar arduamente para ganhar seu sustento, Eugênia tinha um entendimento diferente das cousas do mundo, que me foi de muita valia.

Ao cabo de alguns meses, convenci-me de que Santiago só podia estar doente, para ter imaginado uma cousa daquelas. Talvez algum dia pudesse curar-se daquela enfermidade. E entendi que meu filho seria mais feliz se soubesse que seu pai o queria. No afã de tentar assegurar ao menos um pouco dessa afeição, comecei a escrever cartas a Santiago. Respondia-me com brevidade e sequidão. Eu procurava mostrar-me cordata, até submissa, afetuosa — por vezes até me permitia revelar-me sinceramente saudosa. Mas de nada adiantou. Por uma antiga vizinha de nossa casa na Glória, que encontrei casualmente em Lausanne, soube que Santiago vinha algumas vezes à Europa e voltava com notícias minhas, como se acabasse de viver comigo. Mas a verdade é que nunca me procurou. Mais uma dissimulação, entre tantas...

Decidi também simular. Já que estava mesmo vivendo uma nova vida, decretei para mim mesma a morte daquela moça alegre e feliz que gostava de bailes no Rio de Janeiro e levava uma vida tão mais leve. Abandonei meu apelido de menina e passei a me apresentar como Lina, usando a outra metade de meu nome. Todos me conhecem mesmo é como Madame Santiago. Com a ajuda de Eugênia, encontrei um posto de trabalho numa pensão para estrangeiros. De início, como ajudante de cozinha, depois como camareira. Aos poucos, passei a governanta. Era uma solução que garantia casa e comida para mim e o menino, permitindo-me que não tocasse no dinheiro que Santiago ocasionalmente enviava. Deixava-o como garantia para imprevistos. Dos meus próprios ganhos, custeava a educação de meu filho.

Quando ele completou os estudos quis muito voltar ao Brasil e ver o pai. Eu não tinha como impedi-lo, nem podia contar-lhe os verdadeiros motivos da separação. Além do mais, confesso que tinha alguma esperança de que esse encontro servisse para que Santiago reconhecesse como fora injusto com ele. Com o passar dos anos, as semelhanças de meu filho com teu marido tinham se atenuado enormemente. Bastava ver como o rapaz era bem mais baixo, menos cheio de corpo, e como todas as suas cores eram diversas, vivas.

De minha parte, porém, eu não desejava mais contato algum com Santiago. Para mim, estava morto. Como eu para ele. Impus, então, uma condição para que meu filho retornasse ao Brasil. Primeiro, ele escreveria ao pai, contando que eu estava morta e enterrada. Não faria mesmo diferença para ninguém, já que eu não tinha mais família e havia anos não trocava notícias contigo, minha única amiga. Ninguém sofreria com essa mentira. Em seguida, ele embarcaria para o Brasil, trajando luto, e procuraria o pai.

Assim foi feito. Não sei como se passou o encontro, meu filho em suas cartas não me contou miudezas. Mas deve ter sido bom, pois o pai concordou, ao cabo de alguns meses, em pagar-lhe uma expedição arqueológica à Grécia, ao Egito e à Palestina, em companhia de dois amigos da universidade. Quando a viagem científica terminasse, ele viria à Suíça encontrar-me. Nunca veio. Restava-me passar pela dor suprema em minha vida de tantas dores: a febre tifoide o levou. Enterraram-no na Terra Santa. Os amigos depois vieram visitar-me, trazendo um desenho da sepultura. Foi um cruel imprevisto contra o qual nada pôde fazer aquela quantia que eu reservara para enfrentar vicissitudes inesperadas.

Por essa época, a dona da pensão resolveu retirar-se dos negócios. Eugênia achou que seria de bom alvitre que eu utilizasse o que poupara e mais o dinheiro reservado, para garantir a continuidade de meu sustento e me preparasse para poder ter uma certa tranquilidade na velhice. Fez-me ver, também, que um desafio novo nesse momento me ajudaria a levantar-me do desespero em que estava mergulhada com a morte de meu filho. Sentia-me como um fantasma, pairando na irrealidade, roubada de meu futuro, amputada de meu passado, sem vínculos com meu país, minha cidade, minha gente, desprovida até do meu próprio nome. Deixando-me guiar pelos conselhos de Eugênia, comprei então a pensão, onde venho trabalhando até este final dos dias desta minha segunda vida. Foi uma boa decisão, que me forneceu os meios de sobreviver materialmente e muito fez por mim ao me impor a necessidade de ocupar-me com um mundo exterior a meus tormentos.

Inúmeras vezes me lembro de ti e sinto falta de tua presença amiga. Rezo por ti com frequência, pedindo a Deus que tenhas igualmente podido ter uma nova vida com menos infortúnios, e que a lembrança dos dias da juventude te ajude na velhice. Que estejas bem, minha amiga, e que nos encontremos no Senhor. E que Ele tenha piedade de uma mulher que, se um dia teve a audácia de crer que poderia se valer da reflexão e das idéias para convencer um rapaz a ir contra as ordens da mãe, os planos da família e desrespeitar uma promessa feita a Deus, fê-lo apenas por amor, seguindo os ditames do seu coração, e na esperança de ser feliz.

Tua
Maria Capitolina

Ficção ou não, está em suas mãos a carta. Carta assinada por Maria Capitolina. Conhecida na pensão suíça como madame Santiago. De Pádua, em solteira, claro, já que era a filha do Pádua que morava na casa ao lado da de Bentinho, da família Santiago, moradora da rua de Matacavalos. O Bentinho seminarista com quem a jovem Capitu acabara se casando. O homem que, no fim da vida, chamando a si mesmo de Dom Casmurro, brilhantemente a condenara aos olhos dos leitores pela pena de Machado de Assis.

Não podia ser verdade.

Mas era.

Tão palpável quanto as mãos trêmulas que nesse momento seguravam o papel. Tão real quanto seu coração que disparava, as lágrimas que lhe turvavam a visão, o nó que sentia na garganta.

Excerto extraído da obra *A audácia dessa mulher*. Rio de Janeiro: Nova Fronteira, 1999.

Ana Maria Machado nasceu no Rio de Janeiro, em 1941. Foi professora, tradutora, jornalista, mas o que ela mais gosta de fazer é escrever histórias. Seu talento fica expresso na quantidade e qualidade de prêmios que recebeu.

Em 2000, recebeu o prêmio internacional Hans Christian Andersen, considerado mundialmente o mais importante da literatura para crianças e jovens. Em 2003, tornou-se membro da Academia Brasileira de Letras.

Suas obras são numerosas e entre elas destacam-se: *Bisa Bia Bisa Bel*, *De olho nas penas*, *Isso ninguém me tira*, *Amigo é comigo*, *Tropical sol da liberdade*, *Alice e Ulisses* e *A audácia dessa mulher*.

Gestante com livro, de Lasar Segall, 1930. Aquarela e guache 36,5 X 51 cm.

Histórias de mãe e filho

Moacyr Scliar

Vou começar fazendo uma pergunta: quantas pessoas estão neste quadro?

Uma pessoa, você diz.

Sim. Uma pessoa a gente vê. Mas na verdade existem aí duas pessoas. Melhor dizendo, uma pessoa e uma pessoinha. Minha mãe e eu.

Essa não, você diz:

— Duas pessoas, nesse quadro? De maneira alguma. Estou vendo uma pessoa só, uma mulher com um livro. Não vejo mais ninguém.

Eu sei que você não vê. Mas eu estou aí, sim. Não estou visível, mas estou presente. Uma presença, digamos assim, virtual, que a gente pode ver, ou adivinhar, com os olhos da mente. Estou na barriga da minha mãe, que está grávida: "Gestante com livro", é o título que o artista deu ao quadro.

Este quadro, tão bonito, comovente, resume uma bela história. Que eu vou lhe contar. Gosto de contar histórias. E tenho certeza de que você vai gostar dessa história.

Minha mãe chamava-se Raquel. Não era brasileira; chegou ao nosso país como emigrante. Vocês sabem que boa parte da população do Brasil é formada por gente que não nasceu aqui: portugueses, italianos, alemães, japoneses, sírios, libaneses, que para cá vinham fugindo da guerra, da pobreza e das perseguições, buscando uma vida melhor. Minha mãe foi uma dessas pessoas. Ela vinha da Rússia; mais precisamente do sul da Rússia, de uma região que hoje faz parte da Ucrânia. A família dela era de lá, viviam ali há muito tempo.

E viviam muito mal. Moravam em pequenas aldeias, em casas muito pobres, sem nenhum conforto. Os chefes de família tinham profissões humildes: eram pequenos agricultores, carpinteiros, alfaiates. Meu avô Aron, o pai de minha mãe, era leiteiro. Ele tinha duas vacas muito magras, que ficavam no estábulo junto à casinha deles. Vovô acordava de madrugada, ordenhava as vacas e ia vender o pouco leite que conseguia. Saía pela rua principal da aldeia, carregando a vasilha sobre o ombro e gritando:

— Leite! Leite fresco! É o melhor leite do mundo!

Não, não era o melhor leite do mundo, e os habitantes da aldeia sabiam disso. Mas o que podiam fazer? Meu avô sendo o único leiteiro do lugar, o leite que vendia — barato, porque ninguém tinha dinheiro — era aquele que podiam usar.

Como todas as famílias da aldeia, a do meu avô era muito grande: sete filhos, uma escadinha. Minha mãe era a segunda e a única filha mulher. Por causa disso ela ajudava minha avó a cuidar dos menores. Minha avó Esther, coitada, era uma heroína. Levantava às cinco da manhã, junto com vovô, acendia o fogo, preparava a comida, acordava o marido e os filhos. E varria o chão, e arrumava a casa, e lavava a roupa... A coitada trabalhava tanto que vivia exausta. De vez em quando dormia — em pé. Encostada a uma parede, cochilava um pouco.

Os meninos iam à escola. Era uma pequena escola religiosa onde estudavam a Bíblia, não matemática ou ciências. Quem lhes ensinava era o rabino, um homem severo que volta e meia os castigava com uns tapas e exigia que memorizassem os textos sagrados.

Mesmo assim o sonho de mamãe era frequentar a escola. O que ela não podia fazer. Em primeiro lugar, aquilo era coisa para meninos, não para meninas. Depois, tinha de ajudar minha avó e quase não lhe sobrava tempo. E, por último, meu avô não queria que ela estudasse, na escola do rabino ou em qualquer outra:

— Moças foram feitas para casar, para cuidar do marido e dos filhos. Isto é tudo que elas têm de saber.

Mamãe não se conformava com isso. Era uma menina rebelde, muitas vezes desafiou meu avô, dizendo que ele estava errado, que mulher ficar só em casa era coisa do passado. Essas discussões nunca terminavam bem: meu avô perdia a paciência e trancava-a no estábulo, junto com as vacas:

— Para você aprender o que é respeito — gritava.

Mas, se respeito era aquilo, então mamãe não queria aprender o que é respeito. Não raro ficava na janela da escola, ouvindo as lições do rabino. Este, muito míope, não a via, mas os garotos riam e faziam sinais, até que o homem se dava conta do que estava acontecendo e mandava minha mãe embora, indignado. Depois, ia fazer queixa ao meu avô. E aí, novas brigas na família.

Na verdade minha mãe não se interessava muito pelo que o rabino ensinava. O que a fascinava era outra coisa.

Os livros.

Minha mãe adorava livros. Raros, aliás, na casa de vovô. Ele lia muito mal, e também não tinha tempo para isso. Mesmo assim, tinham, numa prateleira, alguns velhos volumes. Presente de Berel, irmão mais moço de minha avó.

Berel não morava na aldeia. Muito cedo saíra de casa, mochila nas costas, para tentar a sorte na cidade de Odessa. O que, aliás, era proibido. Eles eram judeus, e no império russo — naquela época a Rússia era um império, governado por um soberano chamado tzar — os judeus só podiam viver em aldeias de certas regiões. Quem desobedecesse, quem saísse dali, podia até ir para a prisão. Mas Berel (minha mãe costumava dizer que herdara o temperamento dele) também era um rebelde. Seu sonho era formar-se em medicina — desde criança ele se interessava por doenças e ajudava a cuidar dos enfermos da aldeia. Chamavam-no "o doutorzinho". Brincadeira? Não para Berel. Quero ser médico, dizia, custe o que custar. Assim, apesar dos pedidos dos familiares, saíra da aldeia, enfrentando a proibição, e fora para a casa de uns conhecidos em Odessa.

Mas não entrou na faculdade de medicina. Na verdade, nem chegou a prestar exames. O encarregado das matrículas não teve a menor dificuldade em descobrir que ele era judeu e até o ameaçou:

— Volte para sua aldeia, judeuzinho, ou eu denuncio você à polícia.

Berel não voltou para a aldeia. Tinha esperança de, no futuro, conseguir entrar na faculdade (o que nunca aconteceu). Ficou em Odessa. Lá tornou-se amigo de um rapaz chamado Isaac Babel, que lhe arranjou um emprego de vigia.

Babel, que depois viria a ser um escritor conhecido, introduziu Berel ao mundo dos livros. Um mundo do qual ele nunca mais sairia: tornou-se um leitor apaixonado. Nos livros, ele dizia, realizo meus sonhos.

Quando vinha visitar a família, na aldeia, trazia livros de presente. Livros usados, que comprava em sebos. Meu avô limitava-se a agradecer e a colocar os volumes na prateleira. Não gostava muito de livros, nem gostava do jovem cunhado, que tinha ideias políticas radicais. À mesa, fazia verdadeiros discursos, falando em derrubar o governo, em distribuir melhor a riqueza, em dar aos pobres, e aos judeus, as oportunidades que nunca tinham tido. Ideias perigosas, segundo meu avô:

— Se a polícia do tzar chega a saber destas conversas estaremos bem arranjados — dizia, irritado.

Mamãe, pelo contrário, adorava Berel. Esperava as visitas dele com a maior ansiedade. Quando o tio chegava era aquele alvoroço, não o deixava por um instante sequer, acompanhava-o por toda a parte, bebia suas palavras. Um dia o tio lhe mostrou um livro:

— Você deveria ler isto aqui, Raquel. É muito interessante...

Mamãe agarrou o volume, acariciou a maltratada capa, suspirou e acabou confessando que era analfabeta. Berel ficou chateado:

— Desculpe, querida. Esqueci que aqui na aldeia são raras as meninas que sabem ler.

Aí alguma coisa lhe ocorreu e ele riu, um riso alegre, contagiante:

— Tive uma ideia, Raquel. Uma ideia que, tenho certeza, vai lhe agradar. Sabe o que vou fazer? Vou lhe ensinar a ler. Então? Você quer?

Se ela queria? Era só o que ela queria, era a coisa que mais queria no mundo. Abraçou o tio, beijou-o, na maior felicidade.

Berel era um ótimo professor. Não tinha muito tempo para a tarefa — precisava voltar a Odessa, onde o emprego o aguardava — mas tanto ele como Raquel dedicaram-se por inteiro ao trabalho, varando madrugadas. Mamãe estava determinada a aprender: afinal era a grande aspiração de sua vida. Quando Berel regressou a Odessa, ela já estava lendo.

Escondida do meu avô, claro. Mas acho que provavelmente Aron sabia o que estava acontecendo. E acho que no fundo se orgulhava de sua desobediente filha. Só tinha um temor: que Raquel seguisse o caminho de Berel. Porque os amigos deste, Isaac Babel principalmente, eram todos revolucionários. Breve, achava meu avô, pegariam em armas para derrubar o tzar.

Vovô estava certo. Naquele ano de 1917 estourou uma revolução na Rússia. Não demorou muito e a família recebeu, por meio de um portador, um combatente cujo regimento passou pela aldeia, uma foto mostrando Isaac Babel e Berel, lado a lado, ambos portando fuzis. Meu avô ficou alarmado — isso vai dar confusão, esse rapaz vai acabar nos envolvendo — mas vovó não deixou de sentir certo orgulho do irmão. Era como se Berel estivesse dizendo: chega de miséria, chega de humilhações, chega de perseguições, agora vamos lutar por nossos direitos.

Esta revolta tinha razão de ser. Na sua infância, Berel — como todos ali na aldeia — havia presenciado cenas terríveis. De repente, homens a cavalo entravam no vilarejo, matavam os homens, violentavam as mulheres, roubavam os poucos bens, incendiavam as casas. E o governo não fazia nada para evitar esses ataques, chamados "pogroms". Pelo contrário, até os estimulava, pois serviam para descarregar a raiva do povo em geral contra um grupo indefeso, apontado como o culpado por todos os males que afligiam a Rússia, e que não eram poucos.

No início da Revolução, estes ataques não cessaram, pelo contrário. Os revolucionários até que protegiam os judeus e outros grupos perseguidos, mas seus adversários, conhecidos como os "brancos" (os outros eram os "vermelhos"), ao passarem a cavalo pelas aldeias cometiam os mesmos crimes de antes. E a aldeia em que morava minha mãe era particularmente visada, porque Berel se tornara um famoso comandante militar. Era odiado pelos "brancos", que se vingavam dele massacrando seus familiares e amigos.

Na segunda vez em que isto aconteceu meu avô decidiu que estava na hora de deixar aquele lugar. Reuniu a família, anunciou:

— Nós aqui não temos qualquer futuro, vamos acabar morrendo, assassinados ou de fome. Temos de ir embora.

— Mas para onde nós vamos? — perguntou a mulher.

Em resposta, vovô tirou do bolso um folheto colorido que havia sido distribuído, muitos meses antes, por um pessoal que trabalhava numa companhia de colonização. Naquela época havia muitas dessas companhias na Europa, que reuniam pessoas que queriam ir para a América, e providenciavam a viagem.

Na capa do folheto havia um desenho, colorido, mostrando um agricultor trabalhando no campo, sob um céu muito azul. Ao fundo, árvores frutíferas — uma laranjeira carregada de laranjas — e animais: vacas, cabritos, cavalos... Na janela da casa, não muito grande, mas muito bonita, várias crianças, todas sorrindo felizes, e uma delas lendo um livro. Um letreiro dizia: "Brasil: aqui está o futuro".

— Brasil? — perguntou minha avó. — Onde fica o Brasil? É depois de Odessa?

Meu avô riu:

— Que é isso, mulher. O Brasil fica na América. É longe, muito longe. A gente tem de viajar cinco semanas de navio para chegar lá.

E acrescentou, animado:

— Mas vale a pena. O país é maravilhoso. Você está vendo aqui por esse desenho. Eles precisam de gente para cultivar a terra e ajudam os emigrantes. É a nossa oportunidade.

Minha avó não gostou muito da ideia. Afinal, a Rússia era sua terra, o lugar em que ela havia nascido e que ela amava, apesar dos bandidos que atacavam a aldeia. Além disso tinha familiares ali, principalmente o irmão. Sim, Berel agora era importante, era um chefe militar — mas quem cuidaria dele se por acaso fosse ferido?

Já os meninos estavam entusiasmados. Céu azul, sol, que coisa linda! Aquilo era raro na Rússia, um país onde o inverno era muito rigoroso, onde nevava, onde o céu ficava sombrio por longos períodos. E laranja! Que coisa boa, laranja! Laranja eles só podiam comer de vez em quando, afinal, era uma fruta importada de outros lugares e custava uma pequena fortuna. Laranja, só nas festas, e mesmo assim era uma única laranja para toda a família — dava, no máximo, um gomo para cada um.

Minha mãe também estava animada, mas por outro motivo: por causa da menina do desenho, aquela que estava na janela lendo um livro. Aquilo era um bom sinal:

— No Brasil não é como aqui — ela pensava. — No Brasil as meninas podem ler, como os meninos.

Finalmente vovó concordou e eles decidiram partir. Só que emigrar não era fácil. Não conseguiriam licença do governo para isso, pois naquela época de revolução ninguém podia deixar o país. Como muitos outros, eles teriam de sair às escondidas, enfrentando muitos perigos.

Foi o que fizeram. Uma noite, saíram da aldeia e, levando seus poucos pertences, foram, de carroça, até a margem do rio que marcava a fronteira com o país vizinho, a Romênia. Ali os esperava um barqueiro. Esse homem fazia o transporte clandestino dos fugitivos, mas cobrava para isso uma pequena fortuna, isso quando não chantageava a pobre gente. Naquela noite não deu outra: no meio do rio, ele parou o barco, onde estava toda a família e exigiu mais dinheiro Caso contrário, chamaria os guardas do tzar. Que remédio? Meu avô deu-lhe quase todas as suas economias.

Na Romênia tomaram um trem, viajaram até a Alemanha, onde os aguardava o pessoal da companhia de emigração. Lá embarcaram num navio rumo ao Brasil. Não era um navio de passageiros, desses que têm cabines para os passageiros e refeitório. Não, era um velho barco cargueiro.

Os emigrantes, cerca de duzentos e cinquenta, foram alojados no porão, onde dormiriam em estreitos beliches. Não havia banheiros para todos, a comida era escassa — mas mesmo assim estavam animados com a esperança de uma nova vida no Brasil.

Para minha mãe a viagem reservava uma surpresa.

Não estava sendo uma jornada fácil para a pobre garota. Sim, o mar, que nunca tinha visto antes, era bonito, mas o navio jogava muito e a coitada estava permanentemente enjoada, isto sem falar no desconforto da própria viagem. Mas o que mais a incomodava não era isso, era o fato de que não tinha nada para ler. Os livros que Berel dera à família haviam ficado na casa da aldeia.

— Não temos espaço na bagagem — argumentara meu avô. — Só podemos levar o essencial. E livros pesam muito.

E assim mamãe se despedira das obras que tanto significavam para ela. Mas não podia esquecê-las; no navio chegava a sonhar que estava lendo. E rezava (sim, mamãe era crente) para que Deus fizesse chegar um livro, pelo menos um, às suas mãos.

E isto aconteceu.

Uma manhã ela subiu para o convés — era lá que os emigrantes passavam a maior parte do tempo, já que o porão era úmido, abafado e cheirava mal — e ali viu, sentado num cantinho, um rapaz que ela já conhecia e que se chamava David. A família dele era de uma outra aldeia, mas também iam para o Brasil, para a mesma colônia agrícola. Agora, adivinhe o que David estava fazendo: estava lendo.

Mamãe se aproximou, emocionada, maravilhada. Pediu para ver o livro. E, acredite você ou não, era uma obra de Isaac Babel, em russo.

— Mas eu conheço esse escritor! — exclamou mamãe. E falou sobre Berel, sobre a amizade dele com Isaac Babel.

David, que era um pouco mais velho do que mamãe — um rapaz bonito, de óculos, cabeleira revolta — escutava-a. Emocionado, estava descobrindo uma alma irmã, alguém que partilhava de sua paixão pela leitura. Hesitou um pouco, e timidamente convidou:

— Você não quer ler junto comigo?

Mamãe, claro, aceitou. E a partir daí todos os dias eles sentavam juntos para ler os contos de Isaac Babel. Quando terminavam uma história ficavam comentando o que tinham lido.

A viagem se passou assim muito rápido. Um dia, acordaram com um brado:

— Terra! Terra à vista!

Os emigrantes correram todos para o convés, e, debruçados sobre a amurada, olhavam o Brasil: as praias do Rio de Janeiro.

Mamãe estava deslumbrada.

— É mais lindo ainda que o folheto! — dizia ao amigo David, que também maravilhado, concordava.

Desembarcaram na Ilha das Flores, onde foram identificados e receberam documentos. Mas aquele ainda não era ainda o destino final, teriam de prosseguir, rumo ao sul, rumo ao Rio Grande. O navio seguiu viagem, portanto, e mais uma semana se passou. Finalmente chegaram a Porto Alegre, à época uma pequena cidade. Lá tomaram um trem para o interior do Rio Grande do Sul, para a região das colônias agrícolas, então escassamente povoada. Por toda a parte havia mato, o que deixou os emigrantes ansiosos: como eles se sairiam, ali, num lugar onde os recursos pareciam tão escassos?

Cada família recebeu uma casa (de madeira, modesta), uma pequena extensão de terras, animais, ferramentas agrícolas. E aí trataram de ganhar o sustento.

Meu avô logo se adaptou à nova vida. Não tinha problemas em ordenhar suas vacas, porque, como ele mesmo dizia:

— Vaca russa, vaca brasileira, é tudo a mesma coisa. Desde que deem leite, o resto não importa.

Mas ele era exceção. Os outros emigrantes, que não tinham experiência da vida agrícola, não se saíam bem. Não raro perdiam as colheitas e precisavam começar tudo de novo. E às vezes aconteciam coisas estranhas. Um dia, a família de David estava fazendo a refeição da manhã num telheiro ao lado da casa quando, do teto, caiu uma cobra em cima da mesa. Não era uma cobra venenosa, mas para a mãe de David aquilo foi a gota d'água:

— Chega. Nós vamos embora daqui. Vamos para a cidade.

A primeira coisa que David fez foi contar à sua amiga Raquel o que tinha acontecido. Estava muito triste:

— Eu não queria me separar de você, você é minha grande amiga. E agora? Quem vai ler junto comigo?

Ela chorava tanto que não conseguia responder. David prometeu que escreveria e que tão logo pudesse voltaria para vê-la, afinal, tinha parentes ali na colônia e isso era uma boa razão para retornar.

A família foi para longe, para São Paulo, onde tiveram muita dificuldade em recomeçar a vida. O pai de David trabalhava como vendedor ambulante, ganhava pouco, mal dava para o sustento. Logo ficou claro que David não viria tão cedo. O jeito era trocar cartas, que também demoravam muito a chegar. Mamãe aguardava-as ansiosamente. Estava com catorze anos, então, e não tardou a se dar conta de que David havia sido para ela mais que um companheiro de leitura, mais que um amigo. Ela estava apaixonada. Apaixonada, sim. Quando, junto com uma das cartas, David mandou um desfocado instantâneo que tirara na Praça da Sé, em São Paulo, ficou numa felicidade única. Levava a foto consigo para todos os lugares, e, em segredo, beijava-a demoradamente. Os irmãos debochavam dela: de que adiantava estar enamorada de alguém que morava longe?

— Arranje um namorado aqui na colônia — aconselhavam.

Mas mamãe não perdia a esperança. Um dia nós vamos nos reencontrar, dizia. E isto de fato aconteceu. O pai de David melhorou de vida, abriu uma loja, que prosperou e, três anos depois que eles tinham deixado a colônia agrícola, pôde pagar para a família uma viagem (de trem, segunda classe) até lá.

O encontro de mamãe com David foi emocionante. Abraçaram-se chorando, e, nos dias em que os visitantes permaneceram na colônia, não se separavam. Passeavam, conversavam e, naturalmente, liam juntos. E um dia, quando estavam sozinhos, ele a beijou. Foi uma coisa tímida, desajeitada, mas era o sinal da paixão que uniria suas vidas.

A família de David voltou para São Paulo. Antes de partirem, o pai dele fez um convite a meu avô, de quem era muito amigo:

— Venha trabalhar comigo em São Paulo. Lá as oportunidades são muito maiores, acredite.

Apontou David e mamãe que, afastados, riam e trocavam confidências em voz baixa:

— E acho que nossos filhos querem isso.

Vovô levou um ano para decidir: ele gostava do campo, gostava de ordenhar vacas. Mas a família (Raquel, principalmente) insistia: em São Paulo poderiam ter uma vida muito melhor, com mais oportunidades. E assim foram. O pai de David arranjou-lhes uma casinha e, para surpresa dele próprio, vovô não se saía mal como vendedor na loja:

— Não é como ordenhar vacas — dizia — mas acho que dou para a coisa.

Para mamãe aquilo era um sonho. Também ela arranjou um emprego, num escritório de representações, e podia estudar à noite, sobretudo, podia estar com David, a quem amava.

Anos depois casaram. Àquela altura, David já estava tomando conta da loja, que não era grande, mas rendia o suficiente para permitir que eles começassem sua nova vida. No ano seguinte, mamãe estava grávida. Tanto ela como David, meu pai, mantinham sua paixão pela leitura. Era o que faziam, à noite, nos fins de semana. Mas também iam ao cinema, ao teatro, a exposições de arte. Papai gostava muito de pintura e tinha vários amigos artistas; um deles se tornaria, depois, um pintor famoso. Foi ele quem pintou o quadro que mostra mamãe, grávida, com um livro sobre o ventre.

Durante a gravidez mamãe lia muito. Não para ela; lia para mim. É isso mesmo: lia para mim. O sonho dela era que seu filho se tornasse um grande leitor e, se possível, um grande escritor, autor de livros tão belos como aqueles que a emocionavam até as lágrimas. Então ela lia, em voz alta, durante horas: Monteiro Lobato, Machado de Assis, José de Alencar, Lima Barreto, Mário de Andrade. E segundo ela dizia a papai, sabia até de quais livros eu gostava mais:

— Coloque a mão aqui na minha barriga, David. Você está sentindo o nenê se mexer? Está percebendo que ele bate palmas? É porque eu acabei de ler um conto do Machado de Assis. Nosso filho adora Machado de Assis, David.

Não cheguei a conhecer mamãe. Ela morreu durante o parto. Essas coisas acontecem, vocês sabem, e naquela época aconteciam com mais frequência. O certo é que cresci sem mãe. Mas a presença dela em nossa casa era uma coisa constante. Por causa das fotos, em primeiro lugar. Ali estava ela, aquela mulher ainda jovem, de uma beleza triste. Ali estava o quadro, que eu muitas vezes ficava olhando horas, pensando no bebê que, lá dentro do ventre, ouvia sua mãe ler textos de grandes escritores brasileiros. E ali estavam os livros, que papai fazia questão de preservar. Agora, quem lia para mim em voz alta era ele. Começou a fazê-lo quando eu tinha ainda uns poucos meses. Os amigos e os familiares achavam aquilo estranho, mas ele dizia que, em primeiro lugar, estava seguro de que assim atendia ao desejo de sua querida Raquel, de fazer de seu filho um leitor apaixonado.

Papai estava certo, absolutamente certo. Hoje eu sou homem feito e ele é um ancião, que se orgulha do filho escritor.

Sim, sou escritor. Tenho muitos livros publicados, ganhei muitos prêmios literários. Muitas vezes me perguntam se me tornei escritor por vocação. Bem, talvez isso exista, uma vocação para a literatura, mas acho que o mais importante, na minha escolha, foram meus pais. E sempre lembro um episódio que aconteceu quando eu ainda estava na escola.

A professora, dona Lourdes, tinha pedido que escrevêssemos uma composição intitulada: "Por que é bom ler?" Todos se entregaram de imediato à tarefa e a maioria dos meus colegas entregou a composição em menos de trinta minutos.

Eu não.

Eu não conseguia escrever uma linha. Simplesmente não conseguia. Era como se estivesse bloqueado, como se uma força misteriosa paralisasse minha mão. Lá pelas tantas estávamos sozinhos na sala, a professora e eu, ela lendo as composições que já haviam sido entregues, e eu, imóvel, diante da folha de papel em branco. Imóvel e fazendo força para conter as lágrimas, para não romper em pranto. Sou um fracasso, eu pensava. Meus pais tentaram me transmitir o amor deles pela literatura, introduziram-me aos grandes escritores e aqui estou eu, sem conseguir escrever uma única linha. Sou um fracasso.

Pus-me de pé, já ia entregar à professora a folha em branco — prova de minha incapacidade — quando de repente me lembrei do quadro. Ali estava minha mãe, grávida, com o livro no colo. E minha mãe, naquele quadro, estava tentando me dizer alguma coisa. Estava me dizendo: "Você pode escrever, meu filho, eu sei que você pode. Escreva para mim."

Sentei-me novamente. Peguei a caneta e comecei a escrever. Escrevia febrilmente, sem conseguir parar. Estava contando a história de minha mãe. Estava falando daquela mulher que gostava tanto dos livros, que os lia até para seu filho ainda não nascido.

Soou a campainha. A professora não me interrompeu. Aquela era a última aula, e ela sem dúvida precisava sair, mas não o fez. Compreendeu que aquele era um momento importante para mim. Finalmente coloquei o ponto final e fui correndo lhe entregar a folha de papel. Ela leu o texto e me abraçou, comovida:

— Você será um grande escritor, tenho certeza — disse.

Fez uma pausa e acrescentou:

— Sua mãe deve estar orgulhosa de você — ela disse.

É o que eu espero. Posso ser um escritor, mas no fundo ainda sou a criança que gostava de ouvir histórias. No fundo, continuo em busca de minha mãe. Queria ler para ela aquela composição do colégio e tantas outras coisas que escrevi depois. Quero entregar-lhe meus livros. E se ela segurar um livro meu, como segura aquele livro do quadro, com o mesmo ar sonhador — então, meu amigo, estarei realizado. Como escritor e como ser humano.

Filho de imigrantes judeus-russos, Moacyr Scliar é gaúcho de Porto Alegre, onde nasceu, em 1937. Médico, ele estreou na literatura com *Histórias de um médico em formação* e hoje é um dos autores brasileiros com mais vasta e premiada bibliografia, em que se destaca o prêmio internacional Casa de las Américas. Entre suas obras recentes destacam-se *A majestade do Xingu, Sonhos tropicais* e *A mulher que escreveu a Bíblia*.

O cajueiro, de Odete Maria Ribeiro, 1987. Acrílico sobre tela e eucatex, 54 X 73 cm.

O último cangaceiro

Ferreira Gullar

Zé Jiló foi possivelmente o derradeiro nordestino que se imaginou cangaceiro a pervagar pelas caatingas, hoje vazias deles. Neto de cangaceiro, criou-se ouvindo de sua avó Doquinha as histórias do bando de Lampião, a que seu avô pertencera e ela, mulher dele, também. A filha de Doquinha, Marinalva, mãe de Zé Jiló, diz que a maior parte das histórias que ela contava era invencionice, que nunca pertencera ao grupo do Rei do Cangaço. Mas Doquinha nem ligava ao que dizia a filha e continuava a encher os ouvidos do neto.

— Um dia Lampião com seu bando se acoitou na fazenda de um coronel que era amigo dele. Na hora do almoço, um dos membros do bando cuspiu a comida da boca dizendo que estava insossa. Lampião, que achou aquilo um desaforo, pediu ao dono da casa que lhe trouxesse uma cuia de sal e fez o mal-agradecido comer todo o sal aos punhados até vomitar.

Zé Jiló ficava boquiaberto com as atitudes de Lampião mas sua mãe não gostava daquelas histórias.

— Fazer isso com o companheiro dele é uma judiação. Esse tal de Lampião não era flor que se cheire.

Mas dona Doquinha não estava nem aí. Mal a filha dava as costas, começava a contar para o neto outra das histórias do cangaceiro, que para ela era um exemplo de cabra-macho.

— Aquilo é que era homem. Nem se compara com esses maricas de hoje em dia, que vivem tudo de rabo entre as pernas. Por mim, meu neto seguia a mesma profissão.

— Profissão! — exclamava Marinalva. — A senhora chama cangaço de profissão?!

— Chame você do que chamar. Vida melhor que aquela não conheço.

— Está bem, mamãe, mas Lampião já morreu há muito tempo e o cangaço morreu junto.

— Isso é o que você pensa! Lampião morreu mas o filho dele, o Lamparina, assumiu o comando.

— Lamparina? Isso é invenção sua.

— Vó, o Lamparina era que nem o pai dele? — perguntou Zé Jiló.

— Cuspido e escarrado, tanto na fisionomia como na valentia.

— E por onde ele anda?

— Por onde? Nas caatingas de Parte Nenhuma, na região de Macaíba.

— E eu indo lá topo com ele?

— Pode até levar uma carta de recomendação que eu mando. Aí você entra pro bando e tá com a vida ganha! Vira cangaceiro de verdade.

Zé Jiló, desde que ouviu isso, não sossegou mais. Estava na roça, trabalhando na enxada, parava e ficava sonhando com as aventuras do cangaço. Lembrava do que a avó contava de Maria Bonita, que largou a vida que tinha pra seguir o bando, apaixonada que ficou por Lampião.

— E ela era bonita, vó?

— Se era! Uma cabocla sacudida, que tudo quanto era homem queria namorar. E muito cangaceiro, do bando, que se engraçou com ela levou tiro nos cornos.

— Lampião matou eles.

— Quando não foi ela mesma que matou porque não aceitava sem-vergonhice.

Um dia, dona Doquinha pegou o neto pela mão e o levou até o seu quarto, abriu um baú que mantinha sempre trancado a chave ao lado da cama e, para espanto de Jiló, tirou de dentro dele uma roupa de cangaceiro.

— Esta era a roupa que seu avô usava no cangaço. Quando ele morreu, tirei ela do corpo dele e guardei comigo. E olhe aqui, guardei também as cartucheiras de bala e o chapéu de cangaceiro.

Jiló, desde aquela noite, não se aquietou enquanto não vestiu aquela roupa de couro. Esperou uma manhã de domingo, quando a mãe e a avó foram à missa na igreja e abriu o baú, tirou a roupa de cangaceiro e se meteu nela. Pôs por cima as cartucheiras, como viu numa foto de Lampião que a avó guardava, e o chapéu na cabeça. Assim fantasiado de cangaceiro, andou pela casa, em passos largos. Parou na porta do quintal e lá ficou um tempo imaginando como poderia ser sua vida no cangaço. Foi então que seu Felipe, que morava ao lado, deu com aquele sujeito vestido de cangaceiro e levou um susto. Saiu correndo na direção da igreja para avisar dona Marinalva e a velha Doquinha.

Elas tinham saído da missa quando deram com ele espavorido:

— Dona Marinalva! Os cangaceiros ocuparam sua casa!

— Cangaceiros, seu Felipe? O senhor só pode tá vendo fantasma.

— Um pelo menos eu vi na porta de sua cozinha. Acho melhor chamar a polícia.

Dona Doquinha, que logo imaginou do que se tratava, falou:

— Não carece de chamar polícia, seu Felipe. A gente vai antes ver do que se trata.

Dito isto, pegou a filha pela mão e saiu andando depressa a mais não poder. Quando chegaram em casa, não havia lá nenhum cangaceiro. Jiló já tinha guardado a roupa e tudo o mais no baú para alívio de dona Doquinha, pois aquilo era um segredo que ela escondia da filha. Depois, a sós com o neto, passou-lhe uma reprimenda: não tinha nada que vestir a roupa de seu avô morto, relíquia sagrada que ela guardava a sete chaves e que Marinalva ameaçava queimar para apagar de vez as más lembranças do passado. Jiló quis saber que más lembranças eram aquelas mas a avó respondeu-lhe que do que é ruim não se deve falar.

De noite, quando punha a cabeça no travesseiro, é que o sonho de se tornar cangaceiro reacendia na mente de Jiló. E isso foi se tornando uma obsessão até que não resistiu mais e traçou um plano. Aproveitaria o tempo que a avó passava no alpendre fazendo renda de bilro e se apossaria da roupa do avô. De posse dela, do chapéu e das cartucheiras decidiria o dia e a hora em que deixaria definitivamente aquela vida besta de roceiro.

Assim pensou e assim fez. Esperou que as duas dormissem para preparar o burrico que lhe serviria de montaria e, de madrugada, armado apenas com uma faca de cozinha que Marinalva usava para descascar macaxeira, caiu no oco do mundo, com destino à caatinga de Parte Nenhuma.

Sem saber direito qual era a direção certa, rumou para o primeiro povoado que ficava a vinte léguas de sua casa para, longe de parentes e conhecidos, se orientar melhor. Sua aparição no largo da igreja, vestido de cangaceiro, causou espanto nas beatas que trataram de apertar o passo e se afastar do perigo. Já a reação dos homens foi diferente: uns tomaram Jiló por maluco e outros viram nele o primeiro sinal de uma nova onda de assaltos. Estes foram à procura do delegado de polícia que logo chamou dois soldados e rumou atrás do suposto bandoleiro e o prendeu.

Na delegacia, Zé Jiló explicou que o que pretendia era se juntar aos cangaceiros das caatingas de Parte Nenhuma, pois estava cansado de ser roceiro. O delegado, ao ouvir aquilo, convenceu-se de que Jiló estava de fato com o miolo mole e deixou-o ir embora, não sem antes lhe ensinar, contendo o riso, o caminho para Parte Nenhuma. Quando Jiló se afastou montado no burrico, o delegado e os soldados caíram na gargalhada.

Depois de muito caminhar, parando num córrego para matar a sede dele e a do animal, chegou à região que entendeu como sendo Parte Nenhuma. Tentou se certificar mas por ali não passava viva alma. Como a noite caísse, desmontou e deitou para dormir recostado na cangalha que retirara do animal a fim de que ele também descansasse. Quando acordou, como o sol já ia alto, tratou de continuar sua busca, rodou por todo canto até chegar a um paredão de rocha que não se animou a escalar. A esta altura, já algo lhe dizia que sua mãe é que estava com a razão, tudo o que restava do cangaço era lenda. Desanimado, deixou-se ficar ali sem saber se desistia de vez ou se insistia apesar de tudo. De qualquer modo, teria que voltar já que a montanha lhe cortava o caminho. Foi quando viu lá longe, saindo de uma pirambeira, um magote de cangaceiros, todos armados de rifles e montados a cavalo.

O rosto de Zé Jiló se iluminou.

— Bem que minha avó falou! Deve ser o bando de Lamparina.

Disse para si mesmo e esporeou o burrico que saiu que nem um foguete na direção do bando e logo o alcançou.

— Que busca o senhor por estas bandas, vestido assim de cangaceiro que nem nós? — perguntou o chefe do bando.

— Acho que vosmecê deve ser o capitão Lamparina, o novo rei do cangaço.

— Pois tá falando com ele! — respondeu o homem soltando uma gargalhada, no que foi acompanhado pelos demais cangaceiros.

— E o senhor, se mal pergunto, como se chama?

— Me chamo Zé Jiló e tava procurando vosmecê pra me juntar com seu bando.

— Pois então nos acompanhe que nós tamos indo fazer uma "festinha" num povoado aqui perto.

Jiló entendeu que iam saquear o povoado e, excitado, sem pensar duas vezes, seguiu com os cangaceiros até lá, aonde chegaram ao anoitecer. Já estava o coreto montado e o povaréu esperando para a festa começar. Os cangaceiros subiram no palco, pegaram as zabumbas, os triângulos e as sanfonas e começaram a tocar e a dançar um chachado. O pessoal toco caiu na dança, menos Zé Jiló que não estava entendendo nada.

Mas depois entendeu: cangaceiro que ainda existia era como aqueles, gente fantasiada que saía para fazer festa e alegrar o povo. Cangaceiro assaltante, bandoleiro, matador de gente, só existia agora nos romances de cordel.

Foi por isso que Zé Jiló, não querendo voltar pra roça, decidiu se tornar declamador de cordel, coisa que ele passou a fazer com muito gosto e muito agrado da parte dos ouvintes. E nessa condição é que, anos depois, apareceu em Jericó, sua cidade natal, para alegria de Marinalva que já o tinha dado por morto. A avó Doquinha é que não estava mais lá. Por vontade própria foi enterrada vestida de cangaceira, com chapéu de couro, alpercata, cartucheira e tudo o mais.

Ferreira Gullar é poeta, dramaturgo, crítico de arte, ensaísta, cronista e tradutor. Já escreveu e publicou mais de vinte livros, entre os quais se destacam *A luta corporal* e *Poema sujo* (poesia); *Se correr o bicho pega, se ficar o bicho come* e *Um rubi no umbigo* (teatro); *Vanguarda e subdesenvolvimento* e *Argumentação contra a morte da Arte* (ensaios); *Cidades inventadas* (ficção) e *Rabo de foguete* (memórias).

A caminho da escola, de Waldomiro de Deus, 2000. Acrílico sobre tela, 30 X 40 cm.

Mirim

Luiz Ruffato

Perguntassem — e perguntavam — ao seu Valdomiro, no forró do Centro de Recreação do Idoso, nas caminhanças no Jardim Inamar, no palavrório bem-te-vi no centro de Diadema, o momento mais arco-de-triunfo da sua vida, ele, estalando de felicidade, responderia, despachado, o dia que tirei retrato para a formatura da quarta série, amplo sorriso rejuvenescendo a carapinha grisalha. E os olhos remexeriam os fundos dos fundos dos seus guardados, estufados envelopes pardos, carteiras profissionais e do INPS, receitas e atestados médicos, chapas e resultados de exames de urina e sangue, santinhos e números antigos da revista *Placar*, a carta lavrando a aposentadoria, a amarelada fotografia: sentado, braços debruçados sobre a mesa, à esquerda uma plaquinha, Grupo Escolar Padre Lourenço Massachio, à direita o globo terrestre, ao fundo, semienroladas, as bandeiras do Brasil e de Minas Gerais. Nas ccstas, a lápis sua letra miúda desenhou

Professora — Dona Sílvia de Azevedo Novaes

Diretora — Dona Inês Letícia de Assis Malta

Rodeiro, 19 de dezembro de 1958

nomes e data que só lia o tato de suas lembranças, tão sumidos. E o perfume terra-molhada atiçaria aquela manhã: Juventina, a mais velha, tocando ele para a esccla, Irineu, o caçula, nas escadeiras, Margarete atrás com o embornal e o Tigre, um vira-latinha besteiro, banzeando entre as pernas, num infatigável vir-e-ir de contentamento. Então, já havia morrido a mãe, no último parto, e criavam-se com os módicos ganhos do pai na máquina-de-arroz que esticava o correame entre março e maio, escasseando a algazarra pelo resto do ano, empurrando-o para os bicos de fer-ração de cavalos, bateção de pastos, tomação de conta de gado, castração de cachaço, sangração de porco e garrote. E aos filhos cabia a cada um uma tarefa: almoço, janta e lavagem das roupas, à mais velha; arrumar a casa e pajear o caçula, à do meio; cuidar da horta e levar o caldeirão-de--comida para o pai, ao Valdomiro, Mirim, Mosquito Elétrico que zunia pela cidade vruuum!, Sabe andar esse menino não?, comentavam à sua visagem, Só corre!, vruuum! Moravam numa casa cai-não-cai, barro socado em varas de bambu, sapé, chão de terra batida encerada com bosta de boi, as meninas socadas num cômodo, o pai e o menino no outro, o fogão de lenha fumaçando pratos e canecas esmaltados na cozinha, o Coração de Jesus resguardando a salinha nua de cadeiras. Não era a Roça ainda, pois que essa começava para além da fazenda do seu Maneco Linhares, mas cidade também não, ermo cujo vizinho mais perto não o alcançaram os gritos desatinados da mãe, em uma tarde submersa no antes.

Seu Valdomiro desembrulha recordações perambulando pelas estreitas ruas de Diadema, onde pousou, mala de papelão e breve esperança de ajuntar dinheiro e candear os sonhos dos irmãos a uma vida melhor, casa de tijolo-e-laje e comida farta, roupa domingueira e cabeça levantada. As mãos escalavradas possuíam pouco mais de dezoito anos, baixa no Serviço Militar, "reservista de terceira categoria", braços torneados a mirréis por dia lavourando fumo e milho de sitiantes italianados. O pai, à altura, labutava no governo de uma serrariazinha, um-dois troncos por dia, e a Juventina, casada, esperava o segundo neném lá dela. A Margarete, namoro firme, estumava o rapaz a levar ela embora, olho-comprido no Rio de Janeiro, Quem seguiu, arrependeu não, afirmava, como conhecesse. O Irineu pescava. Percorria léguas, vara pendoada no ombro, faiscando um corgo, um brejo, uma loca. Pegou intimidade com cascudos, lambaris, bagres, carás, piabas, traíras. O Tigre, velho e manhoso, resfolegava coleado, grotas e perambeiras indevassadas, na guarda do dono. E caçava, o Irineu. De-primeiro, alçapões engaiolavam coleiros e canários, curiós e trinca-ferros, sabiás e garrinchas, azulões e joão-penenês, melros e sanhaços; de-depois, na vargem afundava-se à cata de rãs e piriás, nas matas perdia-se no rastro de lagartos e tatus, nos roçados vigiava saracuras, rolinhas, juritis, marrecos-d'água, Esse menino, meu deus, resmungava o pai, atormentado.

É sim, mas já foi mais, seu Valdomiro empurrou a pedra três-quatro do dominó para a rabeira, Quando cheguei aqui, mil novecentos e sessenta e sete, mão na frente, mão atrás, nem blusa direito, o frio abraçava a gente, roía os ossos, uma coisa! Sem conhecimento, boca à boca acercou à porta da Conforja, "a maior forjaria da América Latina", Jardim Pitangueiras, aquela imensidão de fábrica, Sabe fazer o quê, rapaz? Nada não, mas aprendo logo, o senhor querendo. Mineiro? Mineiro, sim senhor. Entra naquela fila ali. E pouco mais, aprumava o peito, carteira assinada no bolso da calça, o pai nem ia acreditar, voltava em Rodeiro, o povo arrodeando ele, roupa de cidade grande, Mas não é que é o Mirim?! Danado, esse menino! Levava presentes para os irmãos, para os sobrinhos, do jeito que é bobo os olhos do pai encheriam de água, É cisco, ô raio!, desconversaria, afastando-se, costas das mãos interceptando o risco no rosto, Esse meu filho! E pagaria cachaça pra um, cerveja pra outro, encheria as mãos de balas papai-noel para a criançada pé-no-chão, repartiria pipoca para os saguis que enxameavam os oitis da Praça da Matriz, o séquito em suas pegadas, É o Mirim... Mirim do Tatão Ribeiro? O próprio! Meu deus, o Mirim do Tatão Ribeiro... quem diria... É... assentou em São Paulo... Quem vê ele assim, todo enricado, nem imagina... Pois não é? Genuflexo, frente à imagem flechada de São Sebastião, rezaria contrito na Igreja-Matriz, pensamento enlevado à mãe que tão cedo se juntou aos Eleitos, Em nome do Pai, do Filho e do Espírito Santo, óleo cruzado na testa, oferecem carona na charrete, rever a companheirama do eito, Ê que também já fui isso!: anum capengando equilibrista na cerca de arame-farpado, jacu pula-pulando no leito do caminho ensaibrado, seriema limpando a paisagem, cururu enterrado no barro, Ê mundão!, e passa a divisa do Rubens Justi, e a dos Chiesa, e a do Orlando Spinelli, e a dos Bicio, e a do seu Beppo Finetto, e a dos Micheletto, Ê italianada!, É o Mirim, gente, o Mirim!, Alá ele!, Ê, Mirim, apeia aí, vem tomar café com a gente!, Ê Mirim, apeia aí, vem comer com a gente! Ê Mirim, apeia aí, vamos armar uma briga de galo, de canário, uma pelada, solteiros contra casados, ranca-toco e quebra-canela, Ê Mirim, alembra da Gina? Pegou corpo, inteligente como o diabo, logo-logo casa, assim ó, de pretendente, mas a preferência é procê, né, que a gente conhece desde um cotoquinho assim, Mosquito Elétrico voando pelo Rodeiro, Vamos lá, Mirim, vamos fazer uma farra, Esse Mirim é pedra-noventa!, É o Cão!, É o que há! Mas não voltou.

A juventude, murmurou, embaralhando as pedras do dominó, A juventude, suspirou, dividindo-as aos parceiros. Se adquiria um cartão-postal do Vale do Anhangabaú ou do Viaduto do Chá, o Correio escondia-se no itinerário. Se tencionava rabiscar uma carta, ausentava-se o papel, ou a caneta, ou o envelope, ou a notícia. Se inventava uma viagem, enroscava-se em requerências. Um mês, dinheiro, outro, coragem; um Natal, novos amigos, outro, família da namorada; um Ano Novo, Santos, outro, plantão; um Carnaval, Rio de Janeiro, outro, o batente; hora-extra em um feriado prolongado, cansaço em outros; umas férias vendidas, outras, necessidade de levantar o barraco, bater a laje, uma novidadezinha para casa... E os anos, fu!, evaporaram. Quando viu, o médico, percorrendo a ponta do dedo indicador no mapa cinzento do seu esqueleto impresso na chapa contra-luz, disse, grave, Escoliose, seu Valdomiro, Vamos ter que encostá-lo.

À janela do quarto número doze do Hotel Coqueiral a tarde se impacienta. O sol ainda se espicha lânguido no cocuruto calvo do morro, mas o lusco-fusco já exige faróis aos barulhos de caminhões e carros que se entrecruzam no trevo da rodovia Ubá-Leopoldina. Valdomiro ressona, bolor no teto, o corpo castigado pela desconfortável viagem, onze horas entrevado numa poltrona de ônibus, mais cinquenta minutos chacoalhando num parador, nuvens que conformam paisagens apenas adivinhadas. Desembarcou a bolsa na recepção (o rapazinho só surgiu de detrás de uma cortina ramada de chita limpando as mãos na bermuda após várias vezes tocar a campainha) e impaciente pôs o corpo dolorido a caminho. Tropeçou em galpões, carretas carregadas de mó-veis, *Então prosperou a serrariazinha...* Na Praça da Matriz, nos oitis despejados de seus irrequietos hóspedes empoleirava o silêncio agora. Carros estacionados no quadrilátero, o bar do Pivatto no chão. Na Rua da Roça, borrachas coloridas estendidas por sobre as calçadas águam a poeira dos paralelepípedos. Quede o cheiro de mijo e bosta de cavalo que empestava as manhãs? Quede a venda? A loja do Turco? A máquina-de-arroz? Rostos indiferentes. *O Mosquito Elétrico vruuum!, Sabe andar esse menino não?, vruuum!* Subiu devagar, arfando, o aclive do cemitério caótico, sem arruamento, covas esparramadas pela rampa, túmulos em mármore e cruzes enfeitadas cravadas no chão duro, sepulturas, catatumbas, carneiros, sepulcros, menos a campa da mãe. Na descida, suando o terno escuro, esbarrou no coveiro, lata de cal e broxa retocando jazigos para o Finados próximo, que ofereceu auxílio na busca, sem sucesso. Acontece, disse, Acontece muito, tentou consolá-lo. As pernas varizentas arrastaram-no. Confuso, esquadrinhou a vargem, tinha certeza, a curva, o bambuzal, o poço, a paineira... nada, nada, nada, só mato... Alguém há de lembrar... Tatão Ribeiro... Juventina... Margarete... Irineu... Hein? Um negro alto, forte, bonito, hein? Tatão Ribeiro... Máquina-de-arroz... Hein?

Perguntassem — e perguntavam — ao seu Valdomiro, o momento mais arco-de-triunfo da sua vida, ele, a mão paralisada momentaneamente dentro do saquinho de pedras da véspora, mirando as paredes amarelas do Centro de Recreação do Idoso, responderia, despachado, o dia que tirei retrato para a formatura da quarta série, amplo sorriso rejuvenescendo a carapinha grisalha, única garantia de que existira um dia.

Luiz Ruffato nasceu em Cataguases, interior de Minas Gerais, em 1961. Escritor, publicou *Histórias de remorsos e rancores* (contos, 1998); *Os sobreviventes* (contos, 2000, Prêmio Casa de las Américas); *Eles eram muitos cavalos* (romance, 2001, Prêmio APCA e Prêmio Machado de Assis da Fundação Biblioteca Nacional); *As máscaras singulares* (poemas, 2002); *Os ases de Cataguases — uma contribuição para história dos primórdios do Modernismo* (ensaio, 2002); *Mamma, son tanto felice* e *O mundo inimigo* (romances, 2005).

Tem histórias publicadas em inglês, francês, espanhol, italiano e em Portugal. *Eles eram muitos cavalos* foi editado na Itália (Milão, Bevivino Editore, 2003) e na França (Paris, Métailié, 2005).

A escritora Carolina Maria de Jesus em sua casa. São Paulo, 27/5/1952.

O retrato de Carolina

Carlos Vogt

Mané Balaio desfilava a sua mendiguice junto com a cachorreira emprestada ao abandono das ruas e do coração. Morreu e o punhado de cachorros perdeu a individualidade. Perderam a referência, o sentido, a diferença. Indiferentes? Dizem que choravam muito e foram morrendo aos poucos. De saudade? Fato é que perdido o dono, enterrado o nome, de quem são estes cachorros?

— *Meus cachorros são minha família. Nome tem sim senhor. Cada um. Rex, Branquinho, Amazonas, Tupã. Tudo tem nome. Cada coisa. Também uns chegadinho de novo. Eles veem os outros e vêm chegando, se cheiram, rabinho balançando, repartem a magreza e a comida que eu vou recolhendo pelas casas. Essa gente é muito miserável. Às vezes não dão nada. Nem mesmo um pouquinho de arroz-e-feijão. Não vêem que os bichinhos precisam de comer, senão não vivem. Outras vezes, eu nem como pra deixar de quê pros cachorrinhos. Todos têm nome sim. Mais-tarde, Meio-dia, Triângulo, Sete-noites, Capitão. E esses que não escolheram nome ainda, porque chegaram de pouco e eu ainda não conheço seu jeito deles, sim senhor. Mas os nomes vão, vêm vindo. Aquele acho que vai ser Será, aquele outro Malhadinho, este, Pretinho, o outro Não-Sei.*

O armazém da esquina, casa, barracão velho, guardando o milho, o arroz, feijão que a safra alternava com a morcegueira antenando o vazio do alto. Teto de muitas flores negras hesitantes. No puxadinho do lado, o quarto de chão batido revelando a intimidade das costelas de taquara. Barraquinho largado que o dono do geral satisfazia em permitir a hospedagem de Mané, do balaio, da cachorrada.

Diziam em minha casa que ele tinha muito mau gênio e que quando bebia demais batia nos cachorros com violência vingativa. De quê?! A gente pequeno ficava pensando com raiva e medo por que eles não iam embora. Iam. Saíam de perto, corriam até o poste de luz da esquina, logo ali em frente, e ficavam quietos, a cabeça encompridando o conhecimento da hora de voltar para o quente acumulado de tantas noites, tantos dias juntos.

Quando fazia frio, mês de julho, ou nas noites de vento forte, de agosto, a poeira gelada dançando solitária nas ruas e empurrando a cidade ainda mais cedo pra cama, em casa diziam que ele não passava frio porque nunca tomava banho, e a sujeira, com aquela cachorrada e mais a pinga, não podia ter melhor remédio para o frio.

— Não senhor, Mané Balaio não é meu nome não senhor. Nome dado. Meu nome mesmo como eu sou chamado de nascença é outro. Não tem nada disso não. Acha então que eu sou isso aí? Balaio? Que Mané Balaio, que nada! Mané Balaio, eu hein!? Gozação dessa cambada de desocupado. Balaio, que

Mané Balaio, que nada! Isso aí, esse cestinho trançado de bambu, foi que roubou meu nome, o verdadeiro, batizado, de padre, padrinho e tudo. Então, onde é que eu ia carregar meus trens, onde, hein?! Que Mané que nada! Invenção dessa cambada de vagabundos. Joaquim Benedito, sim senhor, Joaquim Benedito Gonçalves, seu criado. Balaio ainda vai, mas Mané, que Mané? Não sei onde foram arranjar esse negócio.

Às vezes, à noite, a gente ouvia de casa uma gritaria de xingação durante tempo de parecer acalmar-se. Então, recomeçava alto até o abrandamento, para daí a pouco recomeçar com a força de um começo novo. De manhã, quando eu levantava para ir ao ginásio, dizia-se como coisa familiar que naquela noite Mané Balaio tinha tido companhia. Havia nisso um tom de malícia de que eu participava por ares de falso compromisso e inocente conivência mas que jamais penetrava em intenção de prazer, divertimento e suave maledicência que tanto fazia sorrir aos mais velhos.

Descalço, o solão do pé achatado, encardido pelo hábito, rito sincero de uma incompatibilidade que as calças sujas e fofas de linho ajudavam a significar. Mané Balaio era pequeno — um hominho, na referência ardilosa dos funcionários da prefeitura. De longe se confundia com a molecada fazendo corso às suas andanças, não fosse a insofismável cachorreira que circulava à sua volta como um estigma de companhia e um traço distintivo, de eleição. Mané Balaio era pequeno, tão pequeno que se não fossem as rugas, o rosto marcado, o chapéu socado até as orelhas, a gente podia acreditar que era um menino vadiando a vida na tarde poeirenta desses confins de interior. Mas não era, em que pese o trejeito vagabundo de estar ali por acaso. Assim, contudo, visto de costas, uma perna da calça mais arregaçada que a outra, Mané Balaio compunha bem, sem querer, a farsa do equívoco: era um menino, vindo da colônia de alguma fazenda das redondezas esperando, com o saco de compras nas costas, que o pai dentro da venda brindasse o último santo e resolvesse, enfim, enfrentar as três léguas de escuridão e cansaço na volta para casa. Mané, contudo, tinha, além dos cachorros, que o cercavam, o cesto que o prendia. Pelo nome, é claro. Mas nome é assim mesmo, prisão e liberdade que a gente leva e que nos leva, dia e noite, todo dia.

Quando a prefeitura resolveu soltar a carrocinha para recolher cada cachorro vadio da cidade, Mané Balaio desapareceu com sua família. Enfiou-se pelo mato das fazendas para fugir à fúria de Herodes. Sumiu, e também os cachorros, para a grande peregrinação dos desertos, deixando livre a esquina e o quartinho entregue ao florescer noturno dos morcegos. Tempos depois, nos limites da cidade, ali mesmo onde começava a estrada de rodagem, uma matilha espreitava o calçamento, farejando o ar. Ali ficou alguns dias até desaparecer de vez.

Alguns moradores dizem ter reconhecido, agora muito magros e famintos, cachorros de seu antigo dono. Chamaram-nos pelos nomes, as crianças sobretudo, que com eles mais conviviam, mesmo à distância, e que apontavam distinguindo-os pela diferença da denominação. Nenhum quis atender. Olhavam desconfiados e abstraídos, mesmo quando pareciam familiarizar-se com os sons dos nomes gritados pelos estudantes que agora saíam da escola e voltavam para casa. Indiferentes foram embora sem entrar na cidade, exatamente no mesmo dia em que o quartinho de Mané Balaio foi posto à pique pelo proprietário e o cesto-cofre de seu nome violado nos segredos de sua continência. Dentro, os funcionários da demolição, em meio a trastes de memória inútil, encontraram a foto com o retrato de Carolina.

Carolina Maria de Jesus, a autora de *Quarto de despejo*, que nos anos de 1960 fez um enorme sucesso de vendas e de público, morreu em 1977, na casa de José Carlos, seu segundo filho, "pobre, como sempre viveu", como registrou em sua despedida o orador anônimo que, um pouco, falava por todos nós. Mas o que lia Carolina, bela e debruçada sobre o vivo interesse da leitura, que jamais saberemos o que era? Ou saberemos? Tenho para mim que a história que lia Carolina, em 1960, quando a foto foi batida, poderia ser assim:

Mané Balaio desfilava a sua mendiguice junto com a cachorreira emprestada ao abandono das ruas e...

Carlos Vogt nasceu em Sales Oliveira, interior de São Paulo, em 1943. É poeta, linguista e divulgador científico. Professor titular na área de Semântica Argumentativa e coordenador do Laboratório de Estudos em Jornalismo da Unicamp, é também diretor de redação da revista de divulgação científica *ComCiência*, publicação eletrônica mensal, site: http://www.comciencia.br. Publicou inúmeros artigos, ensaios em jornais, revistas e órgãos especializados, nacionais e estrangeiros. Dos 27 livros que tem publicados, destacam-se: *Nelson Rodrigues* (coautoria, Brasiliense); *Crítica ligeira* (Pontes); *Sobre a leitura* (tradução da obra de Marcel Proust, Pontes); *Linguagem, pragmática e ideologia* (Hucitec); *O intervalo semântico* (Ática, 1975); *Metalurgia* (poemas, Companhia das Letras, 1991); *Os melhores poemas de Guilherme de Almeida* (seleção e comentários, Global, 1993); *A solidez do sonho* (Papirus e Unicamp, 1993); *Mascarada* (poemas, Pontes e Unicamp, 1997); *A imprensa em questão* (coautoria, Unicamp, 1997); e *Ilhas Brasil* (poemas, Ateliê Editorial, 2002).

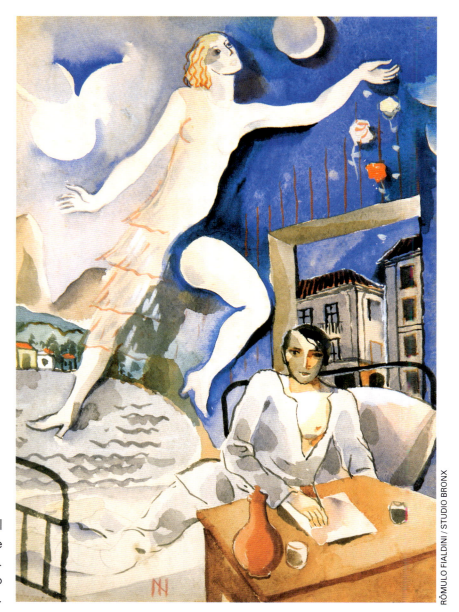

Meditação, de Ismael Nery. Guache sobre papel, 30 X 21 cm. Coleção Luiz Fernando Nazarian, São Paulo.

Composição à vista de um quadro

Ignácio de Loyola Brandão

Caterina com E em lugar do A. Seu nome foi inspirado por uma antiga cantora alemã, hoje esquecida, Caterina Valente. É que a mãe de Caterina a admirava tanto que conhecia todas as músicas. Algumas com títulos estranhos como *Similau, Tipitipipso, Ganz Paris träumt Von der Liebe*. Uma delas, *Istambul*, foi um enorme sucesso nos anos 60 e provocava nela a nostalgia de lugares misteriosos. Onde nunca tinha ido, ainda que tivesse desejado a vida inteira, mas o marido, que se dizia pé no chão, se opunha. Dizendo que eram lugares que não existiam mais. A não ser na imaginação, influenciada por leituras, filmes e gravuras. O marido, por anos, discordou do nome da filha:

— Por que não colocar Catarina, como toda pessoa normal?

Argumentava, fincado na realidade. *É um nome bonito, foi uma santa importante na Igreja*, reforçou. Trazia à tona resquícios de uma educação religiosa encerrada num passado distante. No tempo em que as igrejas diziam missa em latim e não se comia carne na sexta--feira santa, sob pena de cometer sacrilégio e poder ser excomungado. Ele gostava dessa palavra. Excomungado. Assim se considerava na vida, excomungado. Nada do que tinha desejado fazer, fizera. Quando Caterina nasceu, a mulher tinha mandado colocar um som na maternidade para ficar ouvindo Caterina Valente, a tal cantora alemã que cantava coisas estranhas como *Kiss of Fire*, *Spiel noch einmal für mich*, *Habanero*.

— Caterina, nunca! — disse o pai. — Vou registrá-la Catarina.

— Não se atreva! — fuzilou a mulher, amparada no seu resguardo de recém-parida. Não se atreva! Sabe do que sou capaz.

Ele sabia. Temia, ela cumpria promessas aprontando surpresas que podiam ser de extrema crueldade. E que o levava a pensar que não era ela, não podia ser. Era de uma outra que existia dentro dela. Desconfiava há muito. Um dia, comentou sobre isso, enquanto tomavam um branco Chardonay do Vale do Napa, Califórnia. Final da tarde, olhavam o trânsito pesado a rugir feroz.

— O mar está bravo, ela comentou. Veja como as ondas batem no paredão.

— Que ondas? Paredão?

— As ondas estão cada vez mais fortes, tenho medo que um dia me levem.

— Estamos a 600 quilômetros do mar! Como as ondas podem chegar até aqui?

O marido se assustou.

— Chegarão um dia. O mar chega onde ele quer. Queria tanto conhecer o mar!

— Como diz isso? Fomos uma vez. Quando me pagaram aquela licença-prêmio.

— Maldito seja! Não sou eu que conheço o mar. É ela.

90

Ela gostava de repetir essa expressão, *maldito seja*. Achava forte, pensava que invocava o demônio.

— Ela? Quem?

— Ela! A que vive comigo, a que você trouxe para casa um dia.

— Quem é que eu trouxe para casa?

— Ela entrou naquela noite, três meses depois que nos casamos.

— Três meses depois? O que está dizendo? Que data é essa?

— A do nascimento dela, meu amor.

— Dela, quem?

O marido agora, mais do que espantado, começava a se apavorar.

— Ela.

— Ela é uma coisa vaga. Tem nome?

— Tem. O meu. Temos o mesmo nome com as letras invertidas.

— Você tem mania de nomes com diferença de letras. Agora, é um nome modificado. Não basta Caterina, nossa filha? Que devia ser Catarina!

— Por que insiste? Ela nasceu, cresceu e você nunca se conformou com o nome!

— Você acha que nunca me conformei.

— Não sou eu que acho! É ela, sua mulher!

— Você é a minha mulher.

— Não! Você não consegue perceber diferenças, porque nunca prestou atenção em nós. E ainda quer que ela continue te amando!

— Que conversa é essa? Quem é você?

Uma vez mais ele se assustou. Por que fazia uma pergunta dessas? Era admitir que aquela não era sua mulher.

— Você me trouxe para casa quando fez três meses de casado.

— A mesma história. Por que repete?

— Não repito. Estou dizendo pela primeira vez.

— Acabou de dizer, dois minutos atrás.

— Foi ela. Viu? Nem percebe quando sou eu, quando é ela. Somos tão diferentes. Por sorte, ficamos amigas. Se não, não sei o que poderia ter acontecido. No começo foi difícil.

— Que começo?

— Quando você me trouxe. Ela não gostava de te ver fazendo amor comigo. Eu não gostava de te ver fazendo amor com ela. Não gostava de ver vocês saindo juntos para um passeio, um cinema, jantar fora. Ela odiou aquela semana que você viajou comigo, fomos para o Rio de Janeiro. Você gastou um dinheirão, ficamos no Copacabana Palace.

— Copacabana Palace. Aquele era um velho sonho, peguei a licença-prêmio.

— E me levou! Não ela! Ela até pensou em te matar, deixou tudo preparado. Ia te envenenar com arsênico na comida.

— Como não a levei? Passávamos horas à janela olhando o mar.

— Ela nunca viu o mar.

— Verdade, acabou de dizer.

92

— Eu vi o mar com você. E uma noite fui nadar nua.

— Nua?

— Nua e corri pela areia de Copacabana a Ipanema.

— Não dá para ir pela areia, tem um trecho de rua, tem de ir por dentro.

— Fui e as pessoas nos bares gostaram. Aqueles bêbados dos botecos e das casas de suco. As pessoas me aplaudiam, gritavam.

— E se a gente fosse a um médico? A um terapeuta?

— Você está se sentindo mal? Precisa de ajuda?

— Não, meu amor! Você precisa!

— Eu? Ou a sua mulher?

— Quem é você?

— Por que me pergunta isso? Sou a sua mulher.

— Agora mesmo disse que não era.

— Não disse nada! Você sonha, delira!

Ele se calou, perturbado. Perplexo. Detestava situações que saíam do normal, fugiam à rotina. A existência, pensava, é uma coisa boa quando tudo acontece da mesma maneira, todos os dias, todas as horas. Cada coisa no seu lugar. O mundo não deve ser mexido, não pode ser mudado. Porque transtorna as pessoas que ficam inseguras. Esse horário de verão, por exemplo, é uma calamidade quando começa a funcionar. O dia não acabou, mas o expediente, sim! E a pessoa sai à rua e o sol é quente, estala no céu, não se pode jantar com o sol ainda no céu. Por que a sua mulher o submetia a tal teste? Que prova seria essa? Verdade que ela sempre foi um pouco diferente das outras. O que o tinha levado, muitas vezes, a imaginar por que teria se apaixonado por ela. Logo ele que detestava surpresas, situações inesperadas, viver fora do previsto.

De repente, lembrou-se da noite em que tinha acordado na madrugada e visto a mulher na cama, escrevendo. Tinha um dos seios de fora e ele desejou-a, mas ela o rejeitou.

— Não me perturbe. Não vê que escrevo uma carta?

— Para quem?

— Você não precisa saber!

— Tenho o direito! Sou seu marido!

— Marido, sim. Dono, não!

— Não temos segredo um para o outro!

— Eu tenho os meus.

— Não partilha comigo?

— Por que deveria?

— Nos casamos, nos amamos.

— Você me ama?

— Sim.

— Sim. Sim. Que sim mais frio!

— Como quer que diga?

— Com emoção. Você nunca colocou emoção em suas coisas. E você tem um segredo, sim.

— Tenho? Qual? Você sabe tudo de mim.

— Soubesse ia ser chato! Monótono. Coisa mais horrível conhecer tudo um do outro.

— Mas essa carta?

— É para uma pessoa que sabe das minhas coisas, com quem gosto de dividir.

— Por que não divide comigo?

— Você é insistente.

— Está me traindo?

— Nunca. Você sim me traiu.

— Eu! Quando? Ficou louca?

Havia uma moringa sobre a mesa, ela encheu um copo com água fresca. Era dessas moringas antigas, quase não existem mais, porém ela insistia em manter, não gostava de trazer — como ele — os vidros de água da geladeira. A moringa — dizia — de barro conservava o frescor e um gosto que lembrava cheiro de terra molhada pela chuva. Aquela era uma noite quente, as janelas estavam abertas, as casas lá fora estavam escuras, todos dormiam, e havia no quarto um perfume de rosas, como se o cômodo estivesse cheio delas, naturais. Por um momento, na penumbra, a mulher a escrever a sua carta pareceu uma figura masculina, um homem. Mas essa era uma coisa que ele admirava nela e que o deixava até mesmo excitado. Uma certa ambiguidade, uma mulher que parecia ser, mas não era. Ou que era e não parecia ser. Como se o sexo perdesse a identidade e as situações se confundissem.

— Uma coisa que você não sabe é que somos íntimas, confidentes.

— Vocês? Vocês quem?

— Eu e ela. Essa que você trouxe para casa uma noite, mal tínhamos acabado de nos casar.

— Essa história vai me deixar maluco, volta e meia você fala nisso.

— Qual das duas prefere? Ela tem cabelos diferentes dos meus, coxas grossas, usa vestidos transparentes, é leve. Parece sempre flutuar no ar, saindo das águas.

— Que águas?

— Das águas de Copacabana para onde você a levou uma vez.

— Não levei ninguém. Fomos eu e você.

— Nunca fui. A vida inteira você disse isso. Ponha os pés no chão. Não é o que você me diz? Ponha os pés no chão!

— Acho que precisamos tomar uma providência.

— Nem pense em separação. Acha que vou te deixar com ela? Sei que é o que ela quer!

— Meu Deus!

— Agora me deixe terminar essa carta.

— Não vou mesmo ler?

— Se tentar, sabe o que pode acontecer.

Teve medo. Sabia que ela cumpria promessas aprontando surpresas que podiam ser de extrema crueldade. Virou-se na cama e disse: "estou sonhando". Era uma desculpa, mentira. Ele sabia que era, preferia assim, viver de desculpas e de justificativas para tudo o que não entendia, o que estava além de sua compreensão. De qualquer forma, adormeceu com a sensação de que havia duas mulheres no quarto. O perfume de rosas permanecia forte, apesar da janela aberta.

Lembrava-se daquela noite que o deixara perturbado, perplexo, logo ele que detestava situações que fugiam à rotina da vida. E se a carta ainda estivesse em algum lugar da casa? E se a encontrasse? Para descobrir a quem estava destinada. Mas quem escreve carta envia, se não se torna uma coisa inútil. Voltou à realidade, ao pé no chão.

— Quem está falando de delírio. Logo quem!

— Nunca vou te perdoar.

— O quê? O que fiz para não ser perdoado?

— Você a trouxe para casa e nunca nosso casamento foi o que deveria ter sido. Agora, me acostumei.

— Eu é que vou ao terapeuta, vou me internar, me enfiar num asilo, sanatório.

— Se pensa que ela vai junto, esqueça.

— Ela? Ela? Quantos anos vamos passar com essa história?

— Quantos anos convivo com essa história?

— Tenha piedade! Que história é essa?

— Piedade? Você teve naquela noite?

— Que noite, mulher?

— Tínhamos feito três meses de casados, preparei um jantar lindo, comprei a cerveja escura que você adorava. Jantamos, apagamos as luzes, tiramos a roupa, ia ser lindo. E então, ela entrou.

— Quem entrou?

— Essa mulher que nunca mais nos deixou e aqui está. Deitamos, começamos a fazer amor e você disse o nome.

— O nome? De quem?

— Dela. Era ela que estava em sua cabeça.

— Meu Deus, meu Deus!

— Aquele nome, igual ao meu, apenas com uma letra modificada.

— Nunca disse nome nenhum.

— Disse. Disse o meu nome, porque era a mim que você queria.

— Então sempre foi você.

— Não. Cheguei naquela noite. Meu nome é o mesmo de sua mulher, apenas com as letras modificadas. Sou ela. Ela é eu. Uma ao contrário da outra. Há anos combinamos nos alternar, ora ela, ora eu. Quando uma está cansada, com preguiça, quando uma não quer, vem a outra. E nos substituímos com facilidade, uma conhece bem a outra e conhecemos você. Por que você é apenas um, os homens tentam ser dois, mas então precisam mentir, falsificar, fraudar, mistificar. E nós não! Somos duas e uma foi trazida por você, que queria que sua mulher fosse outra, diferente.

— Minha mulher é você.

— Não! Sou sua mulher, sem ser a sua esposa. Palavra mais boba essa, esposa.

— O que faço? O que acontece comigo?

— Sabe o seu problema? Sempre foi querer entender. Compreender. Deixar as coisas claras, resolvidas, planas. Por isso você é chato, plano, previsível, metódico, claro.

— Insuportável? É o que pensa de mim?

— Insuportável. Insuportavelmente insuportável!

Ele se atirou pela janela aberta e mergulhou no meio do tráfego pesado.

— Caiu nas ondas bravias!

— Ele não sabe nadar. Vai se afogar!

Riram e deram as costas à janela.

— Hoje, quem vamos ser?

— Eu. Ou prefere você?

No som, Caterina Valente, num velho disco cheio de chiados, cantava *Schwarze Engel*. "Angelitos negros", em português.

Ignácio de Loyola Brandão nasceu em Araraquara, interior de São Paulo, em 1936, e se mudou para São Paulo em 1957, tornando-se um dos mais argutos e inventivos cronistas da cidade, além de renovador da prosa urbana brasileira. Estreou com o romance *Bebel que a cidade comeu* (1968), seguido por *Zero* (1975), um livro experimental, polifônico, com colagens de *slogans*, imagens e textos publicitários que captam a fragmentação da metrópole pós-moderna. Seguem-se *Não verás país nenhum* (romance, 1981), vários volumes de contos e crônicas e, mais recentemente, *O anônimo célebre* (romance, 2002). Em 1990, assumiu a direção da revista *Vogue* e passou a escrever crônicas para a *Folha da Tarde*. Desde 1993, é cronista do jornal *O Estado de S. Paulo* e acaba de encenar sua primeira peça teatral, *A última viagem de Borges*, em que a personagem principal é o escritor argentino Jorge Luís Borges.

Aprendendo, apesar de tudo

Barulhos do silêncio

Lourenço Diaféria

Se fosse contar todas essas coisas tim-tim por tim-tim, como a professora disse que era pra fazer, seria mais simples começar mostrando antes a fotografia da minha escola. Seus três andares ocupam mais da metade do quarteirão, tem rampas, portões largos de ferro de duas folhas, tudo fechado por um muro alto, cinzento e protegido por rolos de arame farpado. Por fora é um prédio sem graça. Sem graça não quer dizer desgraçado. Bem ao contrário: na hora da entrada e da saída da molecada, quando todo mundo se coloca em fila, o alarido da gurizada mostra que o lugar é bastante animado. No pátio, nas salas, nos corredores as pessoas se conhecem, se cumprimentam, umas sorriem, conversam, ou ficam de cara fechada, independentemente se faz sol ou chuva, mas todas com educação. Alguns funcionários são escalados para abrir e fechar os portões do prédio quando soam os sinais. À noite, depois de escurecer, em imprevistas ocasiões, alguém já se aproveitou disso e pulou o muro. Pelas marcas dos dedos das mãos, das solas dos pés e das sandálias havaianas se viu logo que não foi só um curioso. Eram magotes. Entraram, furtaram maisena, açúcar e farinha de trigo, bagunçaram e esmagaram giz no chão, além de aliviarem a metade de um bolo de fubá na sala da merenda. A polícia foi avisada e compareceu, porém tarde demais. A partir de então foram instalados rolos de arame farpado. Os policiais, de farda cinzenta, agora volta e meia passam vigiando numa viatura com sinaleiro aceso pisca-piscando sobre a capota. A escola fica nas cercanias próximas de açougue, padaria, bares, supermercado, lojas de eletrodomésticos, locadoras de filmes e marreteiros, mas dista bastante de casas em que moram crianças e jovens que usam aparelho nas pernas e têm dificuldades para caminhar em ladeiras e calçadas, a maioria com buracos, degraus e desníveis. Para transportar esse pessoal foram contratadas peruas e vans escrito "Escolar". É fácil localizá-las no trânsito.

Estudo nessa escola, que não é a única. Quase todas as outras têm nomes de flor, bicho, amizade, esperança, futuro, trenzinho. Minha escola recebeu o nome de um professor que já morreu faz tempo. Nem era brasileiro. Foi muito famoso, era magro, parecia um louva-a-deus de gravata, usava óculos. No começo do ano a diretora mandou copiar a biografia dele — a história da sua vida — e fez questão de dizer que a memória de uma pessoa nem sempre permanece em placas que com o tempo enferrujam. Às vezes se esquece o nome. Às vezes acontece de não sobrar nem a armação dos óculos.

Tirando esse início que pode ser apagado mas serve para mostrar que minha escola é quase igual às outras, também poderia contar vantagem de outras coisas que não têm vantagem nenhuma, mas somente servem para infernizar a paz da minha tia Iracema. Isso acontece quando passam na rua os mesmos caminhões de sempre oferecendo, aos berros, pinha, ovos, pãezinhos, morangos, melancia, mamão, queijo e produtos de limpeza. Tia Iracema faz questão de não comprar nada dessa gente gritona que ela chama de *sem civilidade* e diz que o maior sonho dela é mudar para uma cidade bem-educada, em que o marido seja promovido de cargo. Se bem que faz mais de três anos que ela está torcendo para isso e nunca acontece. Em compensação, nesse tempo nasceu Lucas, o filho caçula, que não pode ouvir alto-falante de caminhão berrando daquele jeito que sempre acorda assustado. Se dependesse do meu tio, que é um tanto estourado e já está careca de ouvir reclamações da tia Iracema, um dia em que ele estivesse em casa, sem ter ido para a oficina mecânica, desceria à rua e resolveria o problema no braço. Encostaria o dedo na asa do nariz do motorista barulhento e pediria: *"Ô cara, antes que eu fique nervoso desliga essa bosta de gravador que assusta meu garoto!"* Lucas já tem o primeiro dente de leite; dá para ver bem quando ele se esgoela.

Outras coisas que não quero esquecer, preciso anotar no papel, é o fogão de quatro bocas, novo, com acendedor automático, ligado ao bujão de gás que chega sempre de caminhão. O dia de comprar gás está marcado na folhinha. Ao lado do bujão de gás liquefeito, minha mãe, que amarra sempre lenço na cabeça quando vai preparar a comida, colocou o apoiador de plástico com gavetas sem tampa onde ficam o alho, os dois tipos de tomate — um para molho vermelho, outro para salada — , batatas, mandioquinha, cenoura, pimentões verdes e amarelos e outras coisas que vieram da feira mas ainda não olhei direito. Ao pé do vitrô basculante ficam os vidros de páprica picante e doce, orégano seco moído, noz-moscada e colorau.

Ao voltar da escola com a maleta, os cadernos, a caneta esferográfica, lápis, a régua e outros badulaques, as lâmpadas de casa já estão acesas. Os pratos de metal acima delas são verdes, num tom mais claro que o verde da casca dos abacates no aparador plástico. É difícil o anoitecer em que a tia Iracema não esteja sentada segurando no colo Aninha, minha outra sobrinha. Mesmo sem olhar, só pela música, sou capaz de adivinhar qual o desenho que está passando outra vez na televisão. O desenho é mais antigo que a antena de varetas apoiada sobre o aparelho. Todo mundo diz que está na hora de trocar o televisor por um moderno, porém meu pai acha que há coisas mais urgentes para comprar. Em parte tem toda razão. Gosto varia.

Enquanto meu irmão Benê aluga a mesa batendo com o garfo, a colher e a faca sem desviar os olhos do televisor, o Pedrão somente se liga no tambor que ganhou no aniversário. Pedrão tem nome de pessoa grande e adulta, mas ainda é nanico. A diversão de que mais gosta é azucrinar a vida dos outros puxando o rabo do Tigre, enquanto este tenta se soltar do Pedrão para morder o cangote do Carvão. Tigre é cachorro. Carvão é gato, todo preto. Os dois são nossos puros vira-latas. Não têm raça definida. Antes deles, folgavam nas imediações ratos também sem nenhuma qualidade especial. Ratos sem caráter. Para extinguir esse tipo de visitante meu pai e meu irmão pegaram um cachorro e um gato anônimos, sem antecedentes. Era uma dupla sem eira nem beira, bichos de rua, sem dono. Porém valentes. Essa é uma das maiores qualidades dos vira-latas em geral. Dão conta perfeitamente dos recados. Comem qualquer coisa, não exigem ração. Carvão tem não sei quantos anos, já foi atropelado por uma moto de entregador de pizza que circulava na contramão, como sempre acontece. Não fosse a Erminda, cunhada da minha mãe, que cuidou dele e enfaixou duas patas, acho que já teria partido faz tempo deste mundo. Mas aguentou firme. Erminda diz que gato atropelado, mesmo bastante ferido, tem muito mais que sete vidas.

Além de saber cuidar de criaturas sofredoras, como aconteceu também com o Piolho, Erminda faz faxina, tira pó, limpa os vidros, separa lixo reciclável e arruma a mesa para a janta antes que meu pai, meu tio e meu irmão maior cheguem do trabalho mortos de fome. Eu chego bem antes de a mesa estar posta. Escolho um lugar, abro o livro que tenho de ler, coloco as mãos nas duas orelhas para abafar o barulho e inventar o silêncio, enquanto um lá toca tambor, o gato bufa, o cão rosna e o televisor solta aquele chiado que indica que mais dia, menos dia, a imagem do desenho irá para o espaço e não volta mais. No fogão, lenço na cabeça, minha mãe está fazendo sopa de alguma coisa com perfume de sopa.

Das várias coisas de que eu não gostava, não podia nem olhar, era jiló. Já comi muito fígado de vaca, miolo frito, salada de rúcula, mas jiló não entrava. "Fecha os olhos e engole" — sugeriam. Quantas vezes ouvi o conselho, que depois se transformaria em ordem. Não adiantou. Jiló deve fazer bem para a saúde. Não fosse o jiló podia até apostar que o Piolho não iria aparecer nesta história. Acontece que aconteceu. Piolho foi recolhido na calçada. Não se chamava Piolho que é nome de periquito. Piolho não tinha nome algum. Estava encharcado, enlameado, frio, trêmulo derrubado de algum ninho e com piolhinhos na penugem. Não era ele; era ela. Maritaca. Mas não alterou o nome. Erminda acreditava salvar maritacas moribundas. Acreditava em coisas simples. Várias vezes, ao parar diante de um crucifixo pendurado na parede e mexer os lábios, ninguém pergunta o que está fazendo. Devia estar levando um papo com alguém que sofria. Meu irmão mais velho também parece conversar às vezes com a flâmula colorida que ganhou num torneio de futebol de salão, também ela colocada na parede, mas não deve ter sido prêmio de campeão. O time de futebol de salão do meu irmão Juca nunca passou do terceiro lugar. Mas ai de quem arrancar a flâmula colorida da parede!

Depois do trabalho, antes de sentar-se à mesa, meu pai bebe uma caneca de café sem açúcar com água. Diz que é tônico. Depois cada um ocupa seu lugar de sempre. Além da sopa, minha mãe traz jiló com feijão jalo, que é o prato de que meu pai mais se serve. Em geral ele mistura com arroz e farinha de rosca. Nunca provei. O jiló ajudou a maritaca Piolho a livrar-se da morte. Espigou, cresceu, penso que nem se lembra mais do dia do temporal pesado em que caiu do ninho. Hoje mora numa gaiola de arame, sem porta. Tem comida e água à vontade. Se quiser sair, ir embora, vai. Ou então volta, o que faz sempre. Está presa em seu passado, mas toda livre em seu presente. Sem querer falar como gente grande, deve ser o sonho de todo moleque ou menininha. Chega uma hora e esta história tem que acabar. E acabar numa boa. O certo seria contá-la como está no livro que estou lendo como dever de casa. O problema é que não vai dar tempo. Não li nem metade das páginas. Vou me virar com as coisas que sei não por ler, mas por ver e viver. Contarei os fatos como eles não são de mentira. Contarei minhas verdades. Minha mãe vai fazer arroz-doce com canela em pó. Meu pai vai virar mais um prato cheio de jiló com feijão jalo. Amanhã passarei a limpo esta história e entregarei na escola. Se alguém perguntar se copiei e resumi

106

do livro, se inventei, se menti, se fiz de conta, direi que neste mundo tudo ou quase tudo é mais ou menos.

Lourenço Diaféria nasceu em São Paulo, em 1933. Em 1956, ingressou no jornalismo, atividade que exerceu durante 25 anos. Em 1964, iniciou uma carreira de cronista que vem até hoje, passando também pela produção de contos e textos para rádio, televisão e publicidade, além de histórias infantis.

Diaféria é, por excelência, o cronista da cidade de São Paulo. Publicou vários livros de crônicas, dentre os quais: *Um gato na terra do tamborim*, *A morte sem colete*, *Circo de cavalões* e *O invisível cavalo voador*.